… ET J'IRAI VOIR LA MER

Du même auteur :

Une poignée d'eau... dit-il
Éditions Grasset

L'homme-Privilège
Éditions La Table Ronde

Le Premier sera Vincent
Éditions Latitude Ouest

CATHY STEPHAN

... ET J'IRAI VOIR LA MER

ROMAN

BLANC SILEX
EDITIONS

ISBN : 2-913969-79-8

Kergoulouet — 29350 Moëlan-sur-Mer
Tél. /Fax. : 02 98 71 09 48
e-mail : brunogeneste@wanadoo.fr

À Gwenn Bolloré,
en souvenir d'une île

Elle lui plaisait. Elle provoquait le désir qu'il aimait des petites filles pas tout à fait grandies, tristes, impudiques, et sans voix.

Marguerite Duras
(Le ravissement de Lol V. Stein)

Ils avaient changé la couleur des murs et le piano à rengaines avait disparu. Disparus encore les rideaux brodés au point de croix qui sur la porte voltigeaient au moindre courant d'air. Et Charly ? qu'était devenu Charly le gnome à tête d'iguane que sa mère coursait dans les rues, qui effrayait les petites filles à se dénuder dans les coins sombres, ses gros yeux de reptile les fixant salaces. L'avait-on enfermé lui aussi, privé de ciel et de sulfureux interdits ?

Tout au fond de l'impasse, l'asile d'aliénés s'appelait désormais *Clinique du Bois d'Amour*, mais les mêmes zombis décharnés, les mêmes rebuts, s'y trouvaient encore derrière les murs jaunes, repeints chaque année, au mois de mai, par les moins élucubrants de tous.

De ces murs, un cri parfois s'échappait, inhumain, torride, un hurlement insupportable résumant toutes les terreurs enfouies... mais dans le café nul n'y prenait garde, chacun tranquillement buvait son verre ou s'attaquait au plat du jour.

La rue aussi avait changé d'aspect. Plus large, elle permettait aux voitures de circuler dans les deux sens, et des boutiques de fringues, colorées et juniors, avaient remplacées les vieilles demeures au charme suave.

Appuyée à la banquette en moleskine, la jeune fille fourragea dans son sac quand l'affolement la saisit. Elle était sans le sou, et l'inconnu qui jusque-là n'avait cessé de la dévisager, redemanda.

— Sarah, est-ce bien vous qu'on a appelé Sarah ?

Elle haussa les épaules.

Qu'était devenu le petit théâtre d'ombres planqué derrière les rideaux rouges ? Et la fontaine point tarie du jardin d'hiver ? Et la serre aux narcisses et clochettes roses ? Qu'étaient devenus tous ceux qui autrefois vivaient ici ?

L'esprit à la dérive dans sa robe trop légère pour la saison, elle frissonna.

— Tu m'offres une cigarette ?

Les yeux éteints, un adolescent efflanqué slalomait entre les tables. À son poignet telle une fleur fanée, se balançait un sac retenu par une chaînette en satin crasseux, et sur ses épaules maigres, un boléro en plumes d'autruche était fermé par une broche en strass.

— J'ai pas de cigarette, répondit-elle, navrée.

Il vacilla sur ses talons boiteux et sans un mot s'éloigna.

— La purée froide est immonde, entendit-elle alors.

— Laissez-moi.

— Vous laissez ?

L'inconnu eut un léger rire de gorge et se leva. Il était grand, nonchalant, avec quelque chose de hautain dans l'allure. Quand il passa devant elle, elle leva vers lui son regard.

— J'ai pas un sou sur moi, dit-elle innocemment.

— Ah oui, dit-il. Et alors ?

La jeune fille rougit et baissa la tête, puis du plat de la main, elle poussa l'addition vers lui.

— S'il vous plait, dit-elle.

***

Chaussée de lunettes noires, la jeune fille marchait vite, curieusement attifée d'une robe de pacotille, la seule qu'en sept ans on ait daigné lui offrir, à peine élimée aux poignets, mais douce à ses hanches et libre à ses genoux... découverts. Et c'était une impression étrange pour elle, jusque-là si surveillée de déambuler à sa guise dans la foule à qui elle souriait, un tantinet provocante.

Quand l'orage éclata dans le ciel, elle ne lui prêta guère attention. Elle ne craignait ni les orages, ni les éclairs. N'avaient-ils pas toujours rompu le silence, la nuit, auxquels longtemps on l'avait contrainte ?

Mais la pluie, violente soudain, la força à trouver refuge dans une boutique chic de la rue du Parc, face au Hard-Rock-Café, où de jeunes snobs venaient autrefois dépenser l'argent que leurs parents gagnaient.

— J'veux rien, juste m'abriter de la pluie, dit-elle au vendeur qui rappliquait.

Sans doute, était-ce un jeune homme qui s'ennuyait dans sa boutique vide, où la trouvait belle, elle, la jeune fille trempée dans sa robe de pacotille.

Quand il lui proposa d'essayer des robes : « Comme ça, pour le plaisir et parce qu'on a le temps », elle prit goût à le faire, à les sentir glisser sur sa peau nue.

Dieu qu'elle aimerait s'offrir l'une d'elles, choisir la plus extravagante de toutes, et s'en aller ainsi, désinvolte, énigmatique, son ventre plat prisonnier d'un crêpe de Chine, ses petits seins nerveux dansant *La Carmagnole*... Des regards charnels la suivraient alors, des regards envieux sans doute, et, fouettée, excitée par ces regards, elle poursuivrait sa route, insouciante et gaie, attendue par un homme quelque part... Car il y a toujours un homme qui surgit quand les femmes sont jeunes et désespérées, qu'elles ont des maladresses d'enfant et des sourires de madone.

Oui mais, que dirait cet homme ? Que dirait-il ?

— Cessez donc vos enfantillages. Couvrez cette robe ridicule, on rentre à la maison.

Oui, l'homme dirait : « On rentre à la maison ». Et tout naturellement conquise, elle le suivrait, se laisserait guider puis dévêtir, ne porterait pour lui plaire que chandails-douceur et jupes à plis sages.

— Cela vous plait ?

Elle crut s'évanouir.

Depuis quand l'inconnu était-il là ? Que voulait-il ? Pourquoi l'avait-il suivi ? Tétanisée, elle n'osait pas le moindre geste.

— À votre place, je prendrai la rouge, dit-il moqueur.

***

Dans un bruissement d'étoffe douce, la robe avait glissé sur sa peau nue, lui révélant des courbes que les blouses de l'asile avaient toujours dissimulées.

Les yeux brillants, la jeune fille jouait de son double dans les miroirs. Elle jouissait de ce double qui lui renvoyait l'image délicate et longiligne d'une toute jeune fille aux yeux étincelants, à la bouche pâle certes mais joliment ourlée, à la peau laiteuse de camélia. L'incohérence de sa conduite (n'avait-elle pas fermé les yeux quand l'inconnu avait payé la robe) l'effleura cependant. O.K. Elle avait agit avec une certaine légèreté. « Une totale légèreté doublée d'une parfaite imprudence », dirait Odile Monot la surveillante en chef de l'unité de pédo-psychiatrie où, toutes ces années, elle avait dû survivre. Enfin l'homme avait insisté, beaucoup insisté. Il avait dit la vouloir belle et gaie, mais qu'elle se rassure. Il n'attendait rien en échange... ou presque, juste lui prendre la main pour qu'elle ne s'échappe pas tout de suite, et puis lui offrir un verre dans un joli endroit qu'il connaissait. Et elle avait accepté, et la robe et qu'il lui prenne la main, qu'ils cheminent ensemble, collés l'un à l'autre dans la rue jusqu'au joli endroit, « un club privé », dit-il.

Or, l'endroit — en fait un bar en sous-sol où elle faillit s'écrouler dès la première marche — était quasiment obscur... et elle avait peur du noir. Elle ne supportait ni les pièces closes ni les ascenseurs, et la vue d'une corde raide quelque part la faisait hurler. Prise de panique, elle s'agrippa à lui.

— S'il vous plait, partons... J'ai... Il fait un peu sombre, non ?

— Jamais contente hein, dit-il comme s'il s'en fichait.

Elle essaya alors de se calmer, de rejeter l'angoisse qui montait, la petite bête inexorable qui lui bouffait les neurones. Pour ça, il lui suffisait de se convaincre qu'elle était libre de rester ou de partir, qu'elle n'avait à craindre personne. Pas la moindre blouse blanche ne se pointerait pour lui interdire... Mais quoi au juste ? Dieu qu'il était difficile de renouer avec la vie. En serait-elle capable un jour ? Arriverait-elle à faire face ? Personne jusque-là ne lui avait appris à être libre, à connaître les limites de cette liberté qu'on lui offrait enfin et dont, à la réflexion, elle subodorait déjà l'exiguïté.

Quand il la guida vers une banquette, à l'écart dans un coin, il sentit sur son bras sa main qui tremblait. Ce tremblement l'émut, mais il se garda bien de le lui dire. Il la regarda différemment. Fût-elle vêtue de vieux rideaux, de vieilles loques mitées, elle serait belle, se dit-il, d'une beauté tragique, frileuse, d'une beauté d'exil sans doute, un rien trop mince, mais quelque part souveraine, échappant aux règles de la séduction, si séduisante pourtant, rien à voir avec la femme qui entrait, parée comme une châsse, traînaillant en laisse un quinquagénaire bedonnant et huileux qui a peine assis beugla : « Champagne... Et du *Cristal Roederer*, comme d'habitude ».

... La femme buvait, la gorge renversée, et l'homme lui tripotait le bout des seins de ses mains courtes et grasses. La jeune fille eut alors une sorte de haut le cœur frileux et détourna la tête. Il la sentait toujours trembler.

— Maintenant, si vous me racontiez, dit-il.

— Rien, répondit-elle.

Il se sentit faiblir.

— Ce soir, nous pourrions peut-être...

— Quoi ce soir ?

— Eh bien... Enfin, ce que vous voulez.

— Non ! J'aime pas l'ironie de vos yeux sur moi.

L'idée qu'elle était folle l'effleura. Extravagante et folle songea-t-il, voilà bien ma chance. Il ne fit pas un geste pour la retenir. Il sut que c'était inutile. C'était juste la fille la plus étrange qu'il ait jamais vu, la plus belle, la plus fêlée, avec du vertige à chaque mot, une peau nacrée à n'avoir jamais goûté le soleil mais la solitude, une fille à rendre maboul n'importe quel homme. Il ne la reverrait plus. La pluie continuait de tomber.

— Ayez confiance, tout ira bien. Du reste, ce traitement vous aidera. Surtout, ne dramatisez aucune situation. Rejetez les rapports conflictuels. Profitez de la vie. Nagez, bronzez, faites du sport, soyez heureuse. Avez-vous des projets ? Je vous reverrai le mois prochain Sarah.

Sous les lambris dorés de sa demeure fin de siècle, la voix monocorde du professeur Blanc débitait ses fadaises, et elle l'écoutait, une douceur feinte sur le visage, opinant de la tête quand il fallait, souriant quand elle devait sourire, étrangère à son laïus, juste pressée de le quitter, lui et cet endroit funeste où par obligation elle se devait de revenir, une fois par mois comme il était écrit.

Ce jour-là comme la veille, deux trains sur trois étaient en grève. Le sien avait une heure de retard... Mais une fois de plus Antoine l'attendait, fendant le quai à longues enjambées nerveuses, enfoui dans un grand manteau noir qui lui battait la cheville. Grand, flegmatique, avec des yeux clairs et une bouche divine, il avait cette originalité superbe de tout pouvoir se permettre. Dans la rue, les hommes autant que les femmes le suivaient du regard. Il s'en amusait parfois, et ils riaient ensemble.

— Alors, quoi de neuf ? demanda t-elle.

— Menfred est mort. Le vétérinaire avait exigé quatre cents francs.

— Pourquoi me dis-tu ça ?

— Ta sœur a estimé que ce pauvre matou ne valait pas si cher.

— Ah...

Il la contempla, pensif.

— Tu as quelque chose de changé.

— C'est la robe, dit-elle.

— Non, autre chose, je ne sais pas. Enfin... (il étouffa un soupir) j'ai découpé tous les articles de presse te concernant.

— Non !

D'un regard, elle rejetait ses confidences.

— Je ne veux rien savoir Antoine. Je suis guérie à présent et la vie doit reprendre. J'ai enfin quitté leurs murs jaunes, leur odeur de pisse et de chlore. Je ne veux plus jamais entendre un bruit de clef dans une porte ! Le bruit insoutenable du verrou qu'on tire ! Ne plus être un numéro, une moins que rien qu'on malmène, porter autre chose que leurs vieilles fringues hideuses ! Je veux un grand lit pour dormir Antoine, et des lampes qui plus jamais ne s'éteindront, et de vrais sourires, et de vraies étreintes. Je suis prête à tout pour y parvenir.

Le ton était si résolu, qu'il se contenta de la guider jusqu'à la vieille *Coccinelle* où recroquevillée sur le siège elle ne bougea plus .

— Ton cancéreux a fini par crever ! glapit Zoé qui les guettait devant le portail ouvert.

Sarah se tût. N'avait-elle pas durant toutes ces années manipulé le silence avec des grâces de dentelière ? N'était-elle pas une professionnelle de ce silence derrière lequel longtemps elle se mura ? Pourquoi aussi être revenue ? Pourquoi ne pas avoir choisi un autre endroit pour vivre ? À présent Zoé était la maîtresse des lieux. Pourrait-elle supporter Zoé ? Et d'abord, quelle vie s'apprêtait-elle à lui faire ?

Le jardin lui parut abandonné et la maison encore plus sombre qu'autrefois , mais l'odeur renversante du chèvrefeuille se mêlait à toutes celles qu'elle avait connues, aux belles vadrouilleuses pressées d'annoncer le printemps. Perchée sur un monticule de pierres, Sarah regardait autour d'elle. Dans un mois, les oiseaux de mer coloniseraient les grands rochers, des parterres de salicornes couronneraient la falaise, le soir, des vers luisants éclaireraient la lande, les faisceaux lumineux du phare d'*Eckmühl* balayeraient sa chambre.

Le phare, les vers luisants, veilleraient à ce que l'obscurité toujours recule.

De quel droit l'avait-on exilée ? Elle aurait vécu sa folie comme la plus impénétrable des santés, n'aurait nui à personne. Or, on l'avait rejetée, et elle, pauvre pomme, croyant les punir de son mutisme, s'était punie elle-même.

Le vertige la gagnait lentement. Non ! Elle ne laisserait à personne le droit de la surprendre, et de la plus innocente de ses défaillances tirer des conclusions mauvaises. Elle voulait juste descendre du monticule pour d'un pas aisé franchir le seuil de la maison jusqu'au bureau de son père. Or, elle n'arrivait pas à bouger, à remuer un seul de ses doigts. Comment ferait-elle pour franchir le seuil de la maison ? Elle allait hurler, c'est ça, hurler d'angoisse face à la mer, aux écueils innombrables, aux vagues survoltées, quand elle sentit sur son épaule une main, celle d'Antoine, et dans ses yeux, les yeux jaune d'Antoine.

— Viens, dit-il. Cette journée est vraiment trop épuisante.

Retrouvant alors comme par enchantement sa grâce et sa mobilité, elle le suivit.

Mais le bureau de son père aussi avait changé. Les statuettes de bois qu'il fabriquait de ses mains pour autrefois les vendre aux touristes étaient bien alignées dans des niches de chaque côté des fenêtres, de même que le sextant offert par Blaize, les pinceaux, les couleurs, et une photo d'elle à bicyclette. Mais pourquoi le sol était-il nu ? Où donc étaient passés les merveilleux tapis qu'il ramenait de ses voyages ? Et les murs ? Pourquoi les avoir recouverts, d'un immonde papier peint à fleurs géantes et maronnasses ?

Ébahie, Sarah contemplait ce décor hideux, quand son regard obliqua vers une tache sombre au bas de la bibliothèque, puis une autre, quasi identique, à quelques centimètres de la première.

Troublée, elle ouvrit grand la fenêtre et s'appliqua à regarder au-dehors. Mais sans cesse son regard revenait vers les taches, n'y voyait qu'elles, innombrables, toutes bout à bout, formant une chaîne, une mare, des milliers de taches !

Au bord de la panique, elle poussa un cri sourd et se jeta au-dehors.

— Toujours aussi cinglée, fulmina Zoé . Plus je te regarde, plus je me demande comment ils t'ont laissé sortir !

Mais Antoine s'était précipité. Il rattrapa Sarah alors qu'à l'extrême limite de la falaise elle plongeait son regard dans le vide.

— Tout ira mieux demain, dit-il en lui prenant le bras avec précaution. Demain il sera temps de vivre Sarah, maintenant il faut aller dormir.

Dans une pétarade de chevaux survoltés, la *Porsche* quitta l'*Ancienne Commanderie*, s'engagea rue Ste Marguerite, pila net rue du Faubourg National, face à la prestigieuse maison *Hermann & Fils*. Sept secondes plus tard, son bolide mordant sur le macadam, Frantz Meyer descendit.

Nul doute, cette photo géante sur portant mobile, c'était ELLE. Ce talisman moabite, cet air boudeur, ces cheveux en cavale, et jusqu'à l'ongle de son pouce, rongé.

D'un bond, il franchit la porte, bouscula deux, dix personnes, omit de s'excuser, découvrit le même visage, quoique cadré différemment, à LA UNE d'un journal à scandales.

Intrigué, il s'approcha de plus près. Pourquoi la jeune fille faisait-elle LA UNE des journaux ? Pourquoi son nom était-il cité ?

De plus en plus perplexe, il se rua vers le comptoir où une dame très digne officiait.

— Qui est donc cette jeune fille ? Pourquoi ces photos d'elle partout ? demanda t-il.

La vieille dame lui décocha un regard acéré.

— Tout ce que je sais, c'est qu'on va tourner un film sur sa vie. Et vous savez où elle l'a passée, sa vie ? Dans un asile !

La brutalité des mots choqua Frantz Meyer, tandis que l'image de la jeune fille s'imposait à lui dans les moindres détails. Elle grelottait sous la pluie dans sa robe de clown, se rongeait les ongles des pouces, ses préférés sans doute. C'était une jeune fille grave, déboussolée, qui acceptait des fringues d'un inconnu pour n'avoir rien à dévoiler de véritable, puis disait sans sourire en vous frôlant d'un regard avide et lointain à la fois : « J'aime pas l'ironie de vos yeux sur moi ».

L'endroit fut soudain noir de monde. Un enfant en salopette rouge imprimait ses mains graisseuses sur un livre d'images et s'amusait en silence des sillons jaunâtres que ses doigts y laissaient.

— Pourquoi cette agressivité ? Que lui reprochez-vous ? demanda Frantz Meyer aussi posément qu'il put .

— Moi, rien, regimba la dame. Sinon que son histoire est loin d'être claire.

Pas une mèche de cheveux ne dépassait de son chignon étroit, serré sur la nuque, et ses lèvres... Mais elle n'avait pas de lèvres la vieille haridelle en croisière de misère derrière son comptoir, juste une ouverture étroite, sifflante, pour cracher des horreurs sur la jeune fille. Sans doute était-ce une vieille dame hargneuse qui détestait les jeunes filles en fleurs aux seins durs et au ventre chaud... là où les hommes aiment à se perdre et font des enfants...

Levant la tête, il aperçut alors une sorte de photomontage au centre duquel le profil de la jeune fille se découpait. Troublé par cette moitié de visage, il se rua vers lui, fourragea dans une pile de journaux, les feuilleta à la hâte, rafla un exemplaire de chacun, paya le tout et sortit.

***

Une fois dans son cabinet d'architecte, situé au 4e étage d'un immeuble chic à Strasbourg, Frantz Meyer lut tous les articles concernant la jeune fille, cocha ici une phrase, là un paragraphe, découpa certains d'entre eux, s'attarda longuement sur chacune des photos exposées, bref, reconstitua l'histoire de Sarah L... internée sept ans pour avoir perdue la mémoire.

Ce qu'il apprit alors le secoua. La description des lieux d'abord, sauvages, lugubres, battus par les vents, et la demeure, la seule perchée sur la falaise, celle de Sarah L. Les autres, étant abandonnées depuis longtemps.

Le soir du drame — Nous sommes le 19 décembre

1989 — la nuit est tombée très vite. Dès quatre heures de l'après-midi, elle a gommé les couleurs du Cap, plongé les lieux dans une obscurité que seul le phare d'*Eckmühl* a troué parfois. Sarah L. a onze ans. Elle joue avec une poupée que son père lui a ramenée d'une foire à la brocante. Elle lui a tricoté un chandail rouge avec de la laine bouclée arrachée d'un vieux pull de sa mère. Il y a longtemps qu'elle sait tricoter Sarah. Cette fois pourtant, les aiguilles empruntées à Juliette Hinot la jolie maîtresse du garde-côte sont bien trop importantes pour la laine usée, et l'ouvrage donne l'impression de trous par endroits.

Sarah contemple le chandail, elle contemple la poupée. Elle demandera à son père de lui offrir d'autres aiguilles. Son père ne refuse jamais rien à Sarah.

Outre ses parents, dans la maison habite aussi son frère de six ans, Anatole, le bébé de six mois, Alexandre, la tante Hélène qui a perdu son mari d'un ulcère, et Zoé la sœur aînée surnommée *La peste*.

Ce soir-là Zoé est absente, partie passer *Christmas* en Irlande, à Galway exactement, chez Sandra Jefferson sa correspondante d'Outre-Manche.

Comment est-ce arrivé ? Sarah n'en sait rien. Elle était nue et maculée de sang. Elle tenait une hache à la main.

Sur les escaliers menant aux chambres, il y avait la mère, les bras encore tendus vers le bébé qui avait roulé cinq marches plus bas. À l'étage, se trouvait Alexandre le frère de six ans, les doigts crispés sur la rambarde. Dans le bureau du père, la tante Hélène était étendue, la face contre le sol. Tous étaient morts assassinés.

C'est le facteur qui le lendemain découvrit le drame. « *De la boucherie en folie — Du sacrifice de sorcier en transe* » titrèrent les journaux. Seule rescapée, la petite Sarah. Mais Sarah avait perdu la parole, elle avait perdu la raison. Le regard vide, elle fixait sans comprendre tous ces gens qui n'arrêtaient pas de la questionner. « Avait-elle vu quelque chose ? Qu'avait-elle vu ? Voyons, en cherchant bien. Comment expliquer cette hache à la main ? Pourquoi était-elle nue et couverte de sang ? Allons, un effort Sarah, ça fait du bien de se confier ».

Sarah était muette. Elle refusait qu'on la touche. Sarah n'était plus Sarah.

Étonnamment du père, on parla peu dans les journaux. Ancien de la Navale reconverti dans la fabrication à la chaîne de statuettes en bois, n'avait-il pas la nuit du drame, puis le matin suivant, dérivé au large de *Sein* alors qu'il tentait de relever des casiers ? N'affirma-t-il pas avoir lancé une fusée pour signaler sa détresse ? Un chalutier voguant dans les parages confirma l'envol d'une fusée, mais resta évasif quant à son point de départ.

Nul n'osa mettre en doute la parole du père de Sarah, pêchant sur l'une des mers les plus dangereuses du monde. Tous témoignèrent de sa respectabilité et de celle de sa famille. Certains déclarèrent avoir, eux-mêmes dérivés longtemps, des nuits entières, sans rencontrer âme qui vive.

Seule Zoé accourue d'Irlande, clama haut et fort sa haine du père et de Sarah. Le père toujours à dorloter Sarah. Sarah à se laisser faire.

Sept ans avaient passé. Libre et guérie disait-on, la petite pouvait enfin disposer de sa vie. À nouveau on la vit en couverture glacée, en noir et blanc et en couleurs, en jambes, en cheveux, maigrelette et sauvage, mais si appliquée à revivre, si émouvante dans son existence massacrée, qu'après l'avoir dépeinte comme l'ultime rescapée d'une tragédie antique, on en fit par jeu, par intérêt ou par pure manigance une héroïne de Claudel.

— Non, elle n'avait rien lu de Claudel.

— De Giraudoux ?

— Qui c'était celui-là ?

De par sa touchante naïveté, on ne lui trouva que plus de charme. On inventa de la magie à ses yeux verts et à son absence de sourire, du mystère à sa démarche frileuse, une grâce folle à son corps de jeune fille. Une voie royale semblait s'ouvrir devant elle. À nouveau son passé la frôlait qu'elle ne soupçonnait pas.

***

Obnubilé par l'histoire de la jeune fille, Frantz Meyer n'avait pas vu le temps passer. Le visage de Sarah L. l'obsédait, et son allure, et ses silences. Il n'entendit pas la porte de son bureau s'ouvrir.

— Voyons, que fais-tu dans le noir ? (Impérieuse, la voix de Chloé le fit tressaillir). As-tu oublié que nous dînions chez mes parents ? As-tu oublié l'anniversaire de maman ? Pourquoi as-tu décroché le téléphone ?

Il ne put répondre. Tout son corps appelait la jeune fille, et son esprit avec.

— Je viens, dit-il au bout d'un moment. Pas de panique, je te suis, Chlo.

***

À subir le caquetage péremptoire de ce petit monde qui était le sien, qui s'agitait, buvait, minaudait, assassinait les absents sans le moindre scrupule, à observer la valse des faux-semblant ponctuée de quelques duels douceâtres à fleurets mouchetés, Frantz Meyer s'interrogeait sur l'attitude de la jeune fille face à tant d'hypocrisie. Aurait-elle quitté la table, les plantant là sur une pirouette à sa façon ? Sottises ! Jamais la jeune fille n'eut accepté l'un de ces dîners assommants. C'était une fille du vent et de la mer, une plante fraîche et rare. Elle était fragile et vulnérable. Ses yeux étaient vert réséda.

Sur le chemin du retour Chloé affirma son mutisme en boudant, puis une fois dans leur chambre, furieuse, elle éclata.

— Qu'est-ce que tu avais ce soir ? Quelque chose t'as déplu ? T'as pas desserré les dents... Déjà dans ton bureau ! Voyons Frantz, dis-moi, qu'y a t-il ? T'es malade ?

Il la regardait se déshabiller. Il prévoyait le moindre de ses gestes, le temps accordé à chacun d'eux. Dans moins de deux minutes, elle étalerait sa crème de nuit en écarquillant les yeux, et auprès de lui s'allongerait une momie passive au teint blafard.

— Arrête !

Elle tressaillit.

— Arrête quoi ?

— Ta pommade. Viens te coucher. (Il posa sa voix et dit plus calmement). Viens te coucher sans ta pommade.

Flairant le danger, les traits de Chloé se crispèrent. Il rectifia non sans effort.

— Tu veux me faire plaisir ? Tu veux que je sois heureux avec toi ?

Elle acquiesça en silence.

— Alors viens. Enlève tout ça.

D'un regard, il désignait la chemise qui lui descendait aux genoux.

Décontenancée, Chloé fit un effort pour calmer le léger tremblement de ses mains, mais ne réussit qu'à balbutier.

— Pourquoi ?

— Parce que je veux faire l'amour avec une femme nue, tu comprends ? complètement nue, et active, et débauchée. J'en ai assez d'apercevoir ton corps à la manière d'un puzzle, j'en ai assez des lampes éteintes, de ta pudibonderie, de tes plaintes avortées, et par-dessus tout de ton affreuse mixture au goût de vase.

Elle articula avec peine.

— Je ne comprends pas.

— Il n'y a rien à comprendre Chloé. J'ai émis un désir, j'ai espéré, j'espère encore.

Elle était toujours belle et vulnérable. Sous ses yeux, les meurtrissures s'étalaient en ombres bleues. Jamais il ne s'était soucié de ces blessures. Elle était sa femme. Elle l'aimait. Qu'ajouter de plus ?

Quand elle s'allongea auprès de lui, il sentit son corps trembler, et la chaleur un peu moite de sa cuisse contre la sienne. L'attente et la passivité de Chloé l'exaspéraient. Il ébaucha vers elle un geste dérisoire, aussitôt balayé par l'image de la jeune fille, et avec elle ses rêves inassouvis d'évasion et d'absolu. En proie à une fébrilité soudaine elle se mit alors à lui couvrir le cou de baisers pointus, s'attarda sur son ventre, lui caressa l'intérieur des cuisses. Sachant qu'elle n'irait pas plus loin, il se laissa faire, sans le moindre remord, le moindre désir, sans même lui faire l'amour.... avec pour la première fois presque du dégoût.

— J'ai peur de me promener seule, peur de certains regards, peur même le jour.

On était en mars. La journée touchait à sa fin. Dans le jardin les ajoncs refleurissaient et les oiseaux de mer sur les grands rochers préparaient leur retour.

— Vois-tu Antoine, cette maison que j'ai tellement aimée, je ne la supporte plus. Tous ces carreaux brisés au nom de je ne sais quelle hystérie, ces lettres à vomir, ces hommes qui me baptisent des horoscopes insensés, me proposent des câlineries sucre d'orge ou des voyages sans bagage avec mes dix-huit ans en prime. Tous ces cons, ces frustrés, ces aventuriers de l'orgasme, je voudrais les voir crever la gueule ouverte !

Les yeux battus, elle s'abandonna dans l'herbe.

— Calme-toi. Je te l'avais bien dit. Jamais tu n'aurais dû leur faire confiance, remuer cette merde.

— Tu te trompes Antoine, je n'ai rien voulu et je suis étrangère à leurs manigances. Ils ont simplement attendu que j'ai dix huit ans, que je sois majeure si tu préfères, et ils sont venus. Ils avaient des caméras, des appareils photos avec des zooms énormes. Tu les connais, prêts à tout pour obtenir ce qu'ils veulent. Ils m'ont d'abord suivi à la promenade, puis un jour je les ai trouvé dans ma chambre... Ils avaient l'air si gentils. Ils voulaient juste savoir si j'avais retrouvé la mémoire, si je me rappelais... Enfin tu sais de quoi je parle ! Ils m'ont laissé entendre qu'ils pourraient m'aider quand je sortirai. Leurs mots étaient plein de promesses ! J'ai signé n'importe quoi. Maintenant, il y a toutes ces lettres, ce film qu'ils tournent, ces faussetés qu'on raconte. Je ne suis pas assez forte pour lutter contre eux. Et si je sombrais à nouveau ?

— Allons, dit-il, luttant contre le désir de la renverser dans l'herbe, de la caresser, de l'aimer sous le ciel éteint, exacerbé par tout ce désir qui n'aboutirait jamais. Ton père ne t'a toujours pas écrit ?

Elle s'empourpra.

— Il ne sait même pas que je suis sortie.

— Avec l'argent qu'ils t'ont donné, tu pourrais faire le voyage.

— Oh non ! J'attendrai qu'il m'appelle... et puis il habite si loin.

« Douze heures de vol » disait le regard d'Antoine. « Douze heures ma belle. Pas une de plus ».

Elle le savait. De chaque compagnie aérienne elle connaissait les horaires, et sur la mappemonde, *San*

Pedro de Macoris avait fini par disparaître au contact de ses doigts.

— Il vit seul ?

— Comment veux-tu que je le sache ?

— Tu devrais te libérer de tout ça, bougonna t-il.

— Mais j'essaie Antoine, j'essaie, je ne fais même que ça. Seulement où que j'aille on me toise comme une bête curieuse... et puis toute cette suspicion, tu crois que je ne la sens pas cette suspicion ? Puisque tu sembles si fort expliques-moi, pourquoi elle existe, et surtout, surtout Antoine dis-moi comment m'en défaire !

Dans la maison le téléphone alors sonna. Les mains pleines de farine, Zoé surgit sur le pas de la porte.

— Tu connais un Frantz Meyer ? lança -t-elle à Sarah d'une voix revêche.

— Non, je ne vois pas.

— En ce cas tu le lui diras toi-même, parce qu'il te demande.

Étouffant un soupir, Sarah se leva.

— Qui êtes-vous ? demanda-t-elle une fois dans le bureau de son père.

— Enfin je vous ai retrouvée !

À l'autre bout du fil, la voix jubilait. Sarah, elle, avait pâlit.

C'était le plus bel hôtel du Cap, dominant la baie, face à l'océan. Des jardins montaient des senteurs de sel, de pins ou de mélisse, et des nuées de mouettes, de goélands cendrés, flânaient en rase motte, s'élevaient au-dessus des toits, piquaient du nez vers des points obscurs, reprenaient leur vol, s'éloignaient en criant. Le soir, des rires fusaient derrière ses baies en ogives, des accords tziganes ou follement jazzy, et sur le chemin de ronde, hérissé et fantasque, des hommes, des femmes flânaient, enlacés et libres sous les étoiles.

Parfois, une vedette accostait, qui soulevait des montagnes d'écume. Elle ramenait des clients, des étrangers surtout, qui de mai à septembre squattaient les lieux, dépensaient sans compter, revenaient l'année suivante.

L'hôtel cependant avait mauvaise réputation. Les soubrettes — dit-on — n'étaient pas farouches à s'inviter dans les chambres où des parties bizarres se déroulaient. Or, Frantz Meyer avait choisi cet hôtel-là comme lieu de rencontre. Qui était-il ? Que lui voulait-il ? Et elle, pourquoi être venue alors que rien ne l'y obligeait ? Incapable d'en analyser les raisons, Sarah se contentait de pester contre la chaîne de sa vieille bécane, laquelle à sauter comme une malade, avait définitivement souillé ses sandales blanches... Mais sa robe était celle qu'il lui avait offerte. Elle se sentait bien dans la robe de Frantz Meyer, collant à son corps ou le dévoilant là où elle le voulait libre. Et plus que tout au monde, elle se voulait libre, Sarah.

Quand elle poussa la porte à tambour donnant sur le hall, elle fut frappée par la munificence des lieux. Autour d'elle, des lumières en pendeloques scintillaient nombreuses sur des murs framboise, éclaboussaient des toiles abstraites, jaillissaient des rideaux, lourds comme des armoires normandes, et un orchestre quelque part jouait une valse lente, un peu rétro... mais ce qu'elle retint surtout, ce qui fit battre son cœur à le rompre, ce furent les regards, qui tous sans exception la dévisageaient. Sarah savait le poids des regards. Elle connaissait leur prix. C'est l'une des rares choses qu'elle avait apprise derrière les murs jaunes de l'asile. Or, ces regards disaient l'horreur de sa présence en tenue branquignolesque et sandales tachées. Elle eut peur de leur donner raison, peur de ne pouvoir les contrer d'une allure magique où d'un port de tête soyeux, tranchant avec ces femmes qui devant elle sirotaient des cocktails sophistiqués.

Par quel miracle retrouva t-elle la sortie, prisonnière un moment de l'horrible porte à tambour dans laquelle elle se cogna ? Quand enfin elle entendit le bruit de la mer, en contrebas sur les rochers, elle se calma un peu. Dieu qu'elle aimait les vagues et la mer. Avait-elle été stupide de craindre ces gens-là. Ils ne pouvaient rien contre elle. Elle était guérie. Sans passé mais guérie. Demain... à nouveau, elle pourrait revoir et la mer et les vagues et grimper sur les rochers. Elle pourrait tacher d'autres sandales, se vêtir de fripes insensées sans avoir à subir réprobation ou mépris.

Dans la longue allée de tilleuls, Sarah courait, quand elle entendit comme un rire derrière elle. Affolée, elle se mit à courir plus vite, et encore plus vite. Mais le rire semblait la poursuivre, il lui remplissait la tête. La frayeur gagnait Sarah, elle n'en pouvait plus de cette frayeur. Ses pieds butèrent sur une racine, elle tomba, se releva presque aussitôt, reprit sa course.

— Ne... soyez pas... si... pressée ! Où courez-vous ainsi ?

Le souffle court et le cheveu défait, Frantz Meyer lui faisait face.

— Justement... Je voulais vous dire...

L'empêchant de poursuivre, il lui prit la main.

— Que vous vouliez vous enfuir ? Je sais. Mais souvenez-vous, vos décisions ne vont jamais bien loin.

Déroutée, elle se laissa guider vers les lumières.

***

Ils avaient dîné dans la grande salle d'apparat, sous les lustres de Bohème et les chichis... Indifférents à la musique sirupeuse que déversait l'orchestre et ils étaient maintenant seuls. Frantz Meyer ne quittait pas Sarah du regard, qui gênée par l'insistance de ce regard, entamait sombrement son troisième verre.

— Ne croyez-vous pas que cela suffit ?

— Je ne suis gentille que lorsque j'ai bu, insinua-t-elle.

— Je ne souhaite pas que vous le soyez, répliqua-t-il, amusé de cette provocation qu'il jugeait infantile.

— Ah bon. Mais alors, que désirez-vous de moi ?

Il fit semblant de réfléchir.

— Ce que je désire de vous ? Je ne sais pas... Où plutôt je me refuse à trop y réfléchir... Il se pourrait aussi que je vous aime, avança-t-il sans perdre ce ton railleur qui lui était coutumier.

Elle eut un éclat de rire triste. Malgré l'alcool, elle ne délirait plus en rose et bleu.

Quand son verre lui échappa pour rouler en un choc mou sur la moquette, elle étouffa un cri.

— Qu'y a-t-il ?

— Rien.

Et sans un regard pour lui, de cette démarche dont plus tard il se souviendrait avec insistance, elle était sortie. L'air frais l'avait calmée. Une brume bleue montait de la mer et à l'Ouest le vent s'était levé. Au bout du ponton, la vedette de l'hôtel tanguait et les jardins étaient remplis de fleurs. Sarah en cueillit quelques-unes, les froissa entre ses doigts, en fit une pâte douceâtre qu'elle écrasa sur son visage. Elle continuait à descendre vers la mer. Elle entendait ses pas résonner dans sa tête, le bruit des vagues, celui des arbres s'échevelant, puis dans son dos, elle reconnut le souffle saccadé de Frantz Meyer.

— Si vous croyez m'aimer, dit-elle, (sa voix tremblait), eh bien faites-moi l'amour. Peut-être alors serons-nous guéri. Vous de moi. Moi tout simplement.

Les yeux de Frantz Meyer se durcirent. Sur ses lèvres, son sourire se figea. Mais Sarah ne le voyait plus.

***

Dans la chambre, il la prit par la taille, puis d'une voix sèche lança.

— Etes-vous sûre de ne pas aller trop loin ? Mais à ignorer les règles de votre jeu...

Les murs étaient tendu de lin. Une litho de Vasarely surmontait une commode en marqueterie, et deux porte-flambeaux façon XVIIIe encadraient son visage défait dans le miroir brouillé. Sur un guéridon anglais, une brassée de fleurs blanches survivaient dans un vase de porcelaine, et par la fenêtre ouverte, les rideaux voltigeaient à grands renforts de bruissements futiles.

— Je ne joue pas, dit-elle faiblement, et je voudrais que vous m'embrassiez.

Il le fit. Avec beaucoup de douceur, puis, la renversant sur le lit, ses mains s'enhardirent.

— Vous allez chiffonner ma robe !

— En ce cas enlevez-la.

Un début d'agacement durcissait sa voix, et, d'un bond, elle se libéra, le frôlant d'un non-regard, toute sa défense.

— Allons, déshabille-toi.

Les yeux disaient clairement. « Tu es venue pour ça, non ? Alors à quoi servent toutes ces simagrées ? Tu as cassé le rêve Sarah. Moi j'étais venu pour te tendre la main, et j'ai rencontré une pute. J'ai fait mille kilomètres pour rencontrer une pute qui en plus ne doit même pas savoir baiser ! »

Mais que savait-il d'elle après tout. Que savait-il de sa peur d'être une fois de plus abandonnée, de la nuit qui parfois lui sautait à la gorge quand le sommeil refusait de venir ? Que savait-il, hormis les sornettes qu'il avait dû lire ? Et elle, pauvre petite fille folle, pourquoi s'escrimait-elle à jouer les faraudes dans les draps d'un homme qui ne songeait qu'à la sauter ?

Elle eut envie de pleurer, de lui raconter sa partie d'ombre mauve sauvagement penchée au-dessus des précipices, mais elle demeura silencieuse, laissant ses bras se refermer sur elle.

— Je veux que tu me regardes, dit-il. Regarde-moi ! (Et violemment, il lui saisit la bouche).

Quand il la pénétra, elle poussa un gémissement et lui griffa le dos. « Petite garce », grogna-t-il en lui immobilisant les poignets. Mais un à un, les paysages intérieurs de Sarah se déchiraient. Aucun ne ressemblait à ces jardins d'Eden fleuris d'imaginaire, tous disaient la rage de l'homme de la posséder, cette rage uniquement, pas la moindre émotion, aucune délicatesse... L'attente ne menait à rien. Elle lui refusa son plaisir.

***

— Comme tu es jeune. Tu as la joue qui saigne. C'est moi qui t'ai fait ça ? Pourquoi ne parles-tu pas ? Tu veux une cigarette ? Dis quelque chose à la fin.

Enfermée dans son silence, Sarah se dirigea vers la salle de bain et actionna la douche. Furieux contre lui-même, Frantz Meyer la suivit.

— Tu ne serais pas un peu pute des fois ?

... Mais rien ne semblait plus atteindre Sarah. La tête renversée, les lèvres entrouvertes, l'eau coulait sur son visage, noyait ses cheveux, faisait pointer ses seins. Son corps tendu vers cette pluie providentielle, refusait de s'en lasser. Troublé, Frantz Meyer luttait contre l'envie sauvage de la reprendre, de la faire doucement gémir. La posséder ne lui suffisait plus. Il voulait tout recommencer avec elle, parce qu'il la savait douce, fragile et folle, et si secrète et perturbée et déroutante, passionnée sans doute. Par sa faute, il l'avait ratée. Il en éprouvait souffrance et remord. Il continuait à la contempler.

— Va t'en, dit-elle. Va t-en.

— Non !

Il refusait de l'entendre, il refusait de la croire. Il se croyait encore maître du jeu, il se trompait. Même pas un sourire quand elle partit, aucun sourire à accrocher à ses souvenirs. Cette fille le rendait fou.

— Vous avez changé de lunettes !

Le professeur Blanc émit un gloussement distrait.

— Vous l'avez remarqué.

— Je remarque tout. Vous le savez bien.

Il parcourut la dernière page d'un volumineux dossier posé en évidence sur son bureau, se croisa les doigts et dit.

— Alors Sarah. Comment s'est passé votre retour ? Qu'avez-vous fait durant tout ce mois ?

— J'ai connu un homme.

— Votre premier homme ?

— Vous savez parfaitement quel a été mon premier homme !

Feignant un paternalisme bon enfant, le professeur Blanc hocha la tête. Il secoua sa boîte de cachoux, hésita, la secoua à nouveau et toujours sans l'ouvrir la remit à sa place.

— Avez-vous suivi le traitement que je vous ai prescrit Sarah ? Vous paraissez en excellente forme. Peut-être pourrions-nous envisager de tout arrêter cette fois. Qu'en pensez-vous ?

— J'ai connu un homme redit Sarah. Et il m'a fait l'amour.

— Souhaitez-vous en parler ? demanda t-il.

— J'ignore ce que je pourrais en dire. Nous ne nous sommes pas rencontré.

— Insinueriez-vous que votre relation fût décevante ?

— Naturellement qu'elle le fût ! J'ai vécu trop longtemps ici pour connaître la vraie vie. Quand même, la sienne m'a paru survoltée ! En tout cas en total désaccord avec ce que j'attendais.

— Et qu'attendiez-vous Sarah ?

— Je sais seulement que tout s'est enchaîné dans l'urgence, comme si quelqu'un d'autre décidait pour moi et qu'il y avait une excitation à être cette autre, à la regarder agir... et beaucoup de douleur aussi.

— A-t-il fait quelque chose qui vous ait choqué ?

— Il ne m'a donné aucun plaisir.

Le professeur Blanc eut un sourire mécanique.

— Réflexion faite, je pense qu'il serait prématuré de suspendre votre traitement. Je propose que nous en reparlions le mois prochain. Quant à cet homme, le reverrez-vous Sarah ?

Elle ne répondit pas.

***

Elle le revit pourtant, moins de quinze jours plus tard. D'abord une lettre arriva, postée à Strasbourg. D'une belle écriture, haute et soignée, Frantz Meyer lui annonçait une surprise à l'hôtel de leur première nuit. L'heure et le jour y étaient notés. Sarah enfourcha son vélo.

Il était six heures du soir quand elle franchit la porte à tambour de l'hôtel. Hormis une soubrette arrosant des fleurs dans d'immenses vasques de pierres situées en retrait des fenêtres, le hall était désert.

Mais à peine eut-elle parcouru quelques mètres, qu'elle entendit son nom. Elle ôta ses lunettes noires, et d'une pirouette se retourna.

— Oui, dit-elle.

Une femme en tailleur noir lui souriait.

— Voulez-vous me suivre ?

Sarah lui emboîta le pas jusqu'à un patio où un valet de chambre promenait un chien.

— Il est à vous, dit la dame en s'inclinant.

— À moi ?

— Oui, à vous.

— Vous voulez dire que ce chien m'appartient ?

— Tout à fait. (Elle claqua dans ses mains) Julius ! (Le valet de chambre aussitôt rappliqua). Voulez-vous remettre à mademoiselle le plis qui lui est adressé ?

Sans hâte, Sarah décacheta l'enveloppe et lut :

« Je ne me supporte pas dans votre regard. Comme vous ce chien a besoin de vacances. Je suis au bar de l'hôtel. Frantz Meyer ».

— Mais tout cela est si imprévu, regimba t-elle. De plus, je ne suis pas sûre de savoir l'aimer.

À ce moment, le chien émit un jappement plaintif et se dressa sur ses pattes arrière. L'œil tombant, les oreilles en berne, le poil roux et court, il était d'une laideur sympathique.

— Et en plus tu me fais du charme ! (Elle soupira). Mais sais-tu seulement lequel des deux soutiendra l'autre ? Parce que de mon côté si tu veux savoir, c'est pas une mince affaire. Maintenant, dis-moi, connais-tu le chemin du bar ? Si oui, il se pourrait bien que je t'accompagne.

— Première à gauche après le patio, susurra l'hôtesse en réajustant la veste de son tailleur.

— Non mais... ! (Sarah prit le chien dans ses bras et le serra fort contre elle). T'as entendu ? Est-ce qu'on lui a demandé quelque chose à celle-là ?

***

Dès qu'il la vit, Frantz Meyer se leva. Le chien les séparait.

— J'ai hésité, murmura-t-elle.

Il ignora sa réplique et lui tendit un siège. Puis il parla, du chien sans nom arraché à un refuge pourri, enfin de ce besoin de la revoir, de son visage, de son corps, qui nuits et jours le hantaient, et de son regard... son tout dernier regard qu'il n'avait pu supporter. Sarah se taisait et Frantz Meyer lui prit la main. Elle eut envie de pleurer et de rire, d'étreindre éperdument le chien, de pleurer par-dessus tout. Elle n'était pourtant pas triste, juste déboussolée sans bien savoir pourquoi.

— Ne me regardez pas de cette manière, dit-elle. Je ne suis pas habituée à ce genre de regard.

Il sourit faiblement.

— Dieu que j'aimerais être ailleurs avec vous, dit-il, mais pas dans une chambre. Je garde un si mauvais souvenir d'une chambre où vous étiez. Que buvez-vous ?

— Un lait-orgeat, répondit-elle sans conviction, alors qu'elle mourrait d'envie de goûter à l'un de ces petits vins du Rhin, blond et fruité que Frantz Meyer dégustait devant elle. Mais l'alcool ne lui réussissait pas. Elle connaissait sur sa personne ses effets pernicieux, toute cette agressivité qui ferait surface et qu'elle vivrait alors comme une vérité à jeter à la tête du premier venu. À ces débordements outranciers, s'ajouteraient encore de dangereuses confidences, du style : « *Chez les fous j'ai baisé avec un mec. Un allumé qui se prenait pour Jésus Christ les jours de pleine lune. Un baveux couvert de plaies, répugnant comme un lépreux. Pourquoi l'ai-je baisé ? J'avais le cœur en stalactite et il m'a regardé comme si j'étais... J'vous jure, j'exagère pas, la madone. Cette tendresse dans son regard ! Cette flamme qui vacillait, prête à s'embraser dans le plus obscur des précipices, j'ai plongé ! Car après tout, que demande le peuple ? De l'amour, encore et toujours de l'amour ! Vous croyez qu'ils auraient guillotiné Louis XVI s'il leur avait accordé, un peu, un tout petit peu, juste une parcelle d'amour ? L'amour est une illusion pour vivre, pour avoir le goût de vivre. Ce mec m'a sanctifié. Pour lui, j'étais Marie pleine de grâce. Je l'ai aidé à avoir du plaisir. On a baisé comme des Dieux. Avec vous, de ce côté, c'était plutôt moche, non ? ».*

Elle était capable de lui sortir les pires horreurs avec un verre et demi de vin blanc. De quoi seraitelle encore capable ? Elle n'eut pas à se le demander. À la télévision on annonçait la mort de R...

— R... est mort, dit-elle.

— Vous le connaissiez ?

— Non. Mais je l'aimais. (Sa voix était chancelante, comme privée de vie). Si tous les gens que j'aime meurent avant que je les rencontre, que vais-je devenir ? (Et elle se mit à pleurer, sans bruit, les épaules agitées de soubresauts, la tête dans la fourrure du chien qui aboyait.)

Il se dit alors qu'il devait la quitter, là, tout de suite, et pour toujours. Qu'elle était entre deux mondes, que jamais il ne parviendrait à l'arracher à ses limbes, à l'atteindre où à la comprendre, qu'il aurait le cœur brisé avant seulement d'avoir entamé son parcours, que son goût des précipices lui masquait la vie, que sa vie serait une quête perpétuelle à laquelle la contraignait sa folie, car folle, elle l'était toujours.

— Un *Gewurztraminer*, c'est sec ou sucré ?

Le regard qu'elle leva vers lui était d'une si déchirante douceur, qu'il lui commanda à boire et resta.

— Alors ma douce, je te croyais perdue, soulevée par un type génial, d'après Zoé.

— Elle a dit ça ?

— Et autre chose. Maintenant raconte, enivrant, passionnant, la grande vie ?

— Aucun de ces adjectifs ne convient Antoine.

— Sans blague. Toujours aussi naïve, hein ?

Déboussolée par son accueil, elle se tenait immobile, ayant décidée une fois pour toutes de garder son calme. Ce qu'elle venait de vivre la tourmentait un peu.

— Personne pour faire le ménage. Je vis dans un de ces bordels ! (Et délibérément il lui tourna le dos).

Pourquoi se conduisait-il ainsi, lui le sombre magnifique, toujours partant pour démolir quelqu'un il est vrai, mais ELLE, pourquoi s'attaquer à ELLE, alors que toujours il s'était montré si délicat, si attentionné, prêt à tout pour qu'elle s'en sorte.

— Tu sais ce que j'aimerais ? (Elle lui mit les bras autour du cou et se lova contre son chandail rouge).

Rester ici ce soir. On écouterait de la musique swing, et je te ferai la cuisine. J'ai apporté du saumon et des avocats. Tu as la sauce au moins ? Tu sais, celle qui est rose et que j'aime.

— Non ! (Il la repoussa avec une telle violence qu'elle faillit s'écrouler) Maintenant que tu côtoies du beau monde, faut pas faire risette à n'importe qui !

Elle avait fui.

Longtemps, il se souviendrait de son regard blessé, de ce reste d'enfance qu'elle gaspillait avec un con ! Un mec bourré de fric, architecte à Strasbourg, parait-il. L'idée de Sarah faisant l'amour avec cet homme, lui offrant son corps et son âme d'infante triste lui était intolérable. Sarah. Sa petite Sarah enfin rentrée au bercail après une si longue absence... Sarah, fraîche et vive comme l'eau d'une fontaine, lancée dans une arène dont elle ignorait les rites.

Malade de jalousie, il prit une bière au réfrigérateur et la vida d'un trait. Puis, sur son chevalet, ses doigts sombrement esquissèrent des corps tourmentés. Sarah était partout, sur ses toiles et dans sa tête, elle remplissait son âme, même absente, elle n'en finissait pas d'exister, jamais elle ne cesserait...

À la sixième bière, épuisé d'exigences farouches, il balança ses pinceaux et s'allongea sur son lit. La nuit tombait, il grelottait. Il était las de souffrance, las de tout. Alors, avec des sanglots dans la gorge, lentement, furieusement, il se caressa.

***

Le printemps fini Sarah espaça ses visites au professeur Blanc et Antoine quitta son local du chemin des Cap-Horniers pour s'installer dans une petite maison rose face à la plage.

— Mange, tu n'aimes pas ?

Pour elle, il avait ramené de la ville un somptueux repas chinois parfumé au gingembre. Il avait acheté des mangues fraîches et ouvert une bouteille de vin gris.

— Il faut que tu manges !

Du coin de l'œil il surveillait Sarah qui rêvassait, comme prisonnière des ombres mauves qui chaviraient sur les murs.

— Allons ! redit Antoine.

Du bout de ses baguettes, elle prit enfin un beignet et l'avala.

Elle était belle Sarah... En robe de dentelle dénichée Dieu sait où, les pieds chaussés de sandales à fines lanières de satin. Dans ses cheveux nattés, des rubans bleus dansaient. Éperdu d'amour Antoine la contemplait, mais n'osait aucun geste.

Comment soumettre une icône, une petite fille interdite à qui on a volé son enfance et ses souvenirs. Depuis qu'elle avait quitté les murs jaunes de l'asile, il ne pouvait imaginer la vie sans elle, imaginer un jour sans son regard et sa drôle de voix cassée à vouloir les choses où les rêver à sa guise comme pour rattraper le temps perdu.

Son verre fini, il se leva, posa une feuille blanche sur son chevalet et au fusain esquissa une silhouette. Des algues caressaient le front, simulaient une oreille, vagabondaient sur un cou d'une fragilité de Sèvres. Aspiré par une végétation aquatique, le visage semblait délesté du corps auquel pourtant il appartenait. « Si plein de mystère, songeait Sarah en suivant l'évolution des mains d'Antoine, si plein de contradictions, de blessures ». Mais que pouvaient encore étreindre les mains d'Antoine ? Que pouvait-il faire partager sinon son goût pour la souffrance? Et elle, que faisait-elle pour l'aider avec ses éclats de rire adressés à un homme qu'elle connaissait à peine, mais avec lequel elle avait décidé de partir ?

— C'est aussi pour le chien Antoine. Il a besoin de vacances... et puis d'être baptisé.

Il eut l'impression de manquer d'air, mais se reprit très vite.

— Alors comme ça tu t'en vas avec un type dont tu ignores tout, sinon qu'il est architecte, qu'il a une belle bagnole et du fric à gogo. Et notre voyage en Bavière, tu l'aurais oublié par hasard ? Et puis merde ! (À toute volée, il balança un pinceau contre une glace antique. Des éclats vermillon élargirent une tache en forme de blessure). J'ai besoin de toi Sarah, besoin de toi. Peux-tu le comprendre ?

Elle transpirait. Lequel des deux poêles en fonte dégageait-il cette odeur écœurante ? On était en juin. Dans les rues, les filles allaient pieds nus dans leurs espadrilles, la gorge et le genou découverts. Mais Antoine se foutait des saisons. Dans sa tête, il grelotterait toujours.

— Jamais nous ne serions parti Antoine et tu le sais bien. Le temps aidant, tu aurais trouvé mille raisons pour que nous restions ici. Toi à peindre, moi à te regarder et à me morfondre. Maintenant ce qu'il y a, je vais te le dire. Tu es fou de rage à l'idée que je me suis envoyée ce type.

— Parfaitement ! Et tu sais pourquoi ? (Il eut comme un sanglot étouffé). Parce que tu es bien comme les autres. Le fric, le fric, rien que le fric, hein ? Au fait, qu'est-ce qu'il t'a promis ce connard ?

Elle sursauta, et ses joues d'ordinaire si pâles s'empourprèrent.

— Je ne puis imaginer un tel manque de dignité de ta part Antoine. Je ne peux pas.

C'était il y a huit jours, après une soirée passée à écouter Nina Hagen, sa voix roucoulant tambour dans sa gorge de tourterelle, alors qu'elle lui annonçait son départ pour les brumes normandes. L'avant-veille, une scène particulièrement pénible l'avait opposée à Zoé, laquelle lui reprochait son attitude envers Ladislas Niroulayoff le prof de philo du lycée Jean Paul Sartre qu'elle recevait parfois. « *Tu crois que je n'ai pas vu comment il te regardait ? Tu crois que je n'ai pas compris ton manège, sale aguicheuse !* ». Tant de haine, de mauvaise foi. « *Mais enfin Zoé c'est de la démence !* ». « *De la démence ! C'est toi qui parle de démence pauvre dingue !* ». C'étaient ses paroles. Les paroles de Zoé. Aucun moyen de s'entendre. La haine, toujours la haine, et elle qui finirait par craquer. Encore une scène de ce genre et elle toucherait le fond, retrouverait la chambre aux fenêtres plombées, les rebuts, les laissés-pour-compte. Elle même deviendrait un rebus, une laissée-pour-compte qu'on toiserait avec répulsion.

Et puis Frantz Meyer avait téléphoné, tard le soir, sur le coup de onze heures, alors qu'elle rentrait d'une balade sur la lande. Il avait dit : « *Je pars en Normandie travailler à un projet de complexe hôtelier. Une chose importante que je veux revoir en toute quiétude. Voulez-vous venir ? Je possède une maison face à la mer. Je sais, ce n'est pas votre précieuse Atlantique, mais la mer c'est toujours la mer... Alors, c'est oui ?* »

Elle était restée sans voix. « *Partir, partir avec vous ?* » avait-elle dit enfin, la bouche collée à la fraîcheur du combiné, sachant que se serait, oui, de toute façon, oui, totalement, mais le faisant languir, juste un peu, pour l'éprouver, sentir sa voix qui à l'autre bout du fil se liquéfiait, s'extasiant du pouvoir qu'elle avait sur lui, fascinée par ce pouvoir qui était le sien. « *Alors ?* ». « *Si vous y tenez... oui...* ». Et elle avait reposé le combiné, refusant que d'autres mots fussent dits, voulant juste goûter à ces mots-là et rien d'autre. Par la suite il serait toujours temps d'y réfléchir.

SE POURRAIT-IL...

Frantz

18 juin

Elle me dit : « Je ne sais pas si je suis capable d'aimer vraiment, non, je ne sais pas ». Je lui réponds qu'elle est mon rêve de femme et que du reste je m'en fous. Elle dit aussi : « J'ignore qui je suis, mais vous êtes venu et vous m'avez choisie. Maintenant, je suis peut-être cette autre dont vous allez vous lasser, peut-être ne suis-je personne ». Je l'ai fait taire : « Tu es le premier jour de ma vie. Je l'ai su à l'instant même où je t'ai vu dans ce bistrot devant ton verre de schweppes et la purée que tu n'arrivais pas à finir. Elle sourit. « Je vous ai demandé de l'argent. Et j'ai accepté une robe ». « Je *t'ai* demandé ». « *Tu*, si tu veux... ». Elle sort de son sac une boîte de pilules roses. Me fait remarquer qu'aucune ne manque. « C'est juste au cas où ». Elle ajoute avec une sorte de fierté innocente. « Je ne l'ai pas entamé. Je ne souhaite pas l'entamer ».

Elle est belle à damner tous les saints, si touchante, si désarmée. En total décalage avec ce que fut ma vie jusque-là. Je vis le vertige de sa présence rien qu'en la regardant. Parfois à trop la désirer, je me fais l'effet d'un violeur, d'un pilleur de petite fille. Je ne veux rien savoir d'elle plus que je ne sais déjà.

Sarah

I8 juin

La première chose que j'ai vu professeur Blanc, en dehors de la maison, rose, à colombages, un peu moisie de l'intérieur, mais parce que fermée durant l'hiver a dit l'architecte, c'est la photo d'un enfant rieur dans un cadre en argent. La deuxième, celle d'une femme taquinant un club de golf. L'enfant portait une casquette retournée. La dame une jupe-culotte à carreaux. Elle avait des chevilles lourdes, et l'enfant des yeux bleus. C'est tout ce dont je me souviens. Moins d'une heure plus tard, les photos avaient disparu.

L'architecte n'a plus parlé de ces photos. Je ne l'ai pas interrogé sur elles. J'imagine seulement qu'il s'agit de son fils, et de la femme dont il partage la vie, là-bas à Strasbourg, la femme aux chevilles lourdes qui frise la quarantaine.

Je sais professeur Blanc. Vous êtes en droit de me demander pourquoi j'ai suivi cet homme que je connais à peine, le seul à me tendre la main, reconnaissez-le. Pourquoi j'ai si impérativement délaissé l'Atlantique et ses paysages déchiquetés dont je me disais nostalgique... Et Antoine, pourquoi j'ai délaissé Antoine. Le désir d'aimer sans doute, d'aimer pour de vrai professeur... ou d'être choisie.

Frantz

23 juin

— Les portes tu les fermes toujours à clef ? me demande t-elle

— Je ne le ferai plus si cela peut te rendre le sourire.

— On peut choisir une autre chambre que celle de ta femme ?

— Choisis celle que tu veux, je réponds.

— Il faut juste qu'on s'accorde. Après ça ira mieux.

— Ça ira mieux.

— T'es sûr ?

— Je le suis.

Chaque jour avec elle est une épreuve, un test auquel elle me soumet pour arbitrer ses choix. Cela a débuté par la maison. « *Sinistre, dit-elle. On dirait un musée d'ancien combattant, avec toutes ces décorations, ces médailles sur les murs* ». Je lui réponds que c'est celle de mon père. Que ces décorations, ces médailles, c'est lui qui les a gagnées. Elle me regarde ébahie. « *Combien de guerres il a dû faire pour ça ?* ».

Cela a continué par le téléphone. Je lui ai défendu de répondre au téléphone. « *Tu comprends, si jamais ma femme...* ». Elle me fixe de ses yeux de menthe. « *Tous les hommes sont lâches ?* » demande t-elle. Et moi, comme un con : « *Si tu veux un portable, je t'offre un portable* ». « *Donc, ils sont lâches* », me répond-elle.

L'angoisse aidant, je me dis alors : pourquoi t'es-tu entiché d'une gamine ? Quel défi cherches-tu à te lancer ? Es-tu lâche comme elle le prétends ? De quels misérables moyens te sers-tu pour abuser de sa vie ? Enfin cesse de faire la sourde oreille quand elle te glisse : « *Et si on s'faisait un MacDo ? Qu'est-ce que t'as contre les MacDo si t'es jamais allé ?* » et carrément la gueule quand elle poursuit : « *Pourquoi on ne sort jamais ? Il n'y a pas que le lit quand même !* ».

Donc, pour répondre aux exigences de son âge, je l'ai entraîné dans une boîte de nuit, sorte de galion perdu au fin fond d'une prairie. Aussitôt la porte franchie, elle a semblé une autre pour courir sur la piste. Frénétique sous les lasers, elle riait, la gorge renversée, clinquante dans une mini-robe en cotte de maille dénichée Dieu sait où. Parfois, comme sous l'effet d'une émotion, son corps semblait à la recherche d'un autre corps qu'elle agrippait alors, et j'imaginais son regard candide dans lequel une note étrange jaillissait parfois, ce regard-là, je l'imaginais, offrant à son cavalier quelque faveur occulte.

J'en étais à mon quatrième whisky, quand, se rappelant enfin mon existence, elle a quitté la piste. Son visage chaviré m'a ému. Son pas de danseuse paraissait épuisé.

— Crois ce que tu veux, me dit-elle. Moi j'essaie seulement de vivre.

Et comme si rien de tout ça n'avait existé, dans la chambre choisie par elle, rose et suffocante sous les toits, avec une franche ardeur juvénile elle m'ouvre son corps, ses bras, son sexe... Et je meurs dans ses cheveux, et je la prends, et je la caresse, et je gémis sur son ventre, et je jouis en elle, la traite de garce, de salope, d'allumeuse, d'enfant de Marie... Rien que des mots d'amour qu'elle pimente d'un rire cru de païenne.

Sarah

25 juin

La journée avait bien débuté professeur Blanc... avec un vent bouffon à surfer sur la crête des vagues, des enfants rieurs, des mères empressées, toute une agitation débordante, à demi nue qui s'ébrouait hors de l'eau... avant que l'architecte ne rencontre des amis à Deauville, des bourgeois de son genre qui faisaient de la bicyclette, perchés sur de grands vélos noirs. « Tu ne me présentes pas ? T'as honte de moi peut-être ? » ai-je dit, le voyant hésiter. « Mais non, a-t-il répondu en se forçant à sourire. C'est juste que... ». Mais la bourgeoise s'est avancée en minaudant, en tortillant son gros cul flasque dans son bermuda pur lin, tandis que son vieux beau restait en retrait à me dévisager, à se poser des questions sur ma jeune personne. « Alors Frantz... » a-t-elle dit avec plein de suspensions dans la voix. « Qui est cette... jeune fille ? ». Et l'architecte, pas dégonflé a répondu : « Oh pardon Flora, excusez-moi. Cette jeune fille est la sœur de Jérôme Blache, un confrère (j'ai appris ensuite que c'était un nom inventé). Elle est étudiante en architecture. Je l'aide juste de mes conseils pendant les vacances ». Ce « juste », lancé avec une certaine morgue, comme si j'étais une erreur de casting et rien d'autre m'a fait mal. « Mais non, Madame, il ment, ai-je failli riposter. Je ne suis pas étudiante en architecture ». « Juste » une fille qui sort d'un asile et qu'il baise, à qui il dit « Je t'aime. J'peux pas vivre sans toi... ». Mais rien que dans une chambre... Parce qu'en dehors d'une chambre... vous le remarquerez, il ne trouve plus ses marques, il devient amnésique.

Frantz

26 juin

Quelle barbe ! m'être trouvé nez à nez avec cette Flora de malheur et son idiot de mari, ces affreux snobinards toujours à l'affût de ragots, prêts à en inventer le cas échéant. Je les imagine dans leur chambre d'hôtel, noyant leur ennui en supputations vaseuses. « *Non mais tu crois que sa femme est au courant ? Tu crois qu'on devrait la prévenir ? T'as vu l'air de la fille quand il nous l'a présentée ? À mon avis ils couchent ensemble. J'ai toujours pensé que ce mec n'était pas clair, qu'il avait épousé Chloé pour son fric, parce qu'entre nous, c'est avec son fric à elle qu'il a pu monter son cabinet. Paraît qu'il n'est pas si bon architecte que ça... qu'il est même assez nul. Seulement avec les relations du beau-père... Au fait, tu sais qu'il est plus jeune que sa femme ? Au moins trois ans ou quatre. Pauvre Chloé ! Je me demande si on doit le lui dire. Non, pas nous, mais qu'on en parle, comme ça, mine de rien. Ah ! je donnerais cher pour voir sa tête ! Comment t'as trouvé la fille ? Vulgaire, non ? en tout cas beaucoup trop jeune pour lui.* »

Je ne suis pas le premier homme qui s'envoie une fille en dehors des ternes remugles de la légitimité ! un homme à qui des loisirs bien agencés offrent l'occasion de privilégier une certaine façon de vivre !

Seulement, moi, je ne m'envoie pas une fille. Je l'aime. J'en suis fou. Quant à privilégier quoique se soit, je ne privilège rien, Je subis. Pour la première fois je subis, et j'en redemande, comme un drogué, un malade, et je jouis de cette drogue, de cette foutue maladie, et je voudrais à la fois guérir et la prolonger et être dévoré par elle et m'en affranchir.

— Tiens, c'est pour me faire pardonner.

Alors qu'elle traînassait sur la plage à vouloir capter un demi-gramme de soleil, que ce demi-gramme de soleil flirtait outrageusement avec les nuages, j'ai prétexté une course urgente pour dans l'une des boutiques du casino lui acheter un bijou, un ravissant bracelet or et saphirs que, presque de force je lui mets dans la main.

— Ouvre. Ouvre le paquet.

Elle le pose sur la table.

— Tu ne veux pas savoir ce qu'il contient ?

— Je m'interroge sur le temps que nous resterons ensemble, me répond-elle.

Sarah

1er Juillet

J'habite maintenant chez l'architecte depuis une douzaine de jours. On se baigne. On fait l'amour. On achète des étrilles et des poissons plats. On visite Cabourg. On boit du champagne dans son hôtel de légende. On s'habitue l'un à l'autre. On a du vrai bonheur parfois, du-vrai-bon-heur-je-vous-le-dis-pro-fess-eur... Et puis cette nuit... DÉRAPAGE.

— Que se passe-t-il ? Pourquoi ne dors-tu pas ? Ai-je demandé à l'architecte, debout contre la porte ouverte à fumer comme un malade, à fixer des étoiles imaginaires dans le ciel résolument éteint.

Il m'a jeté un regard hostile.

— C'est vrai que tu as fait l'amour avec un cinglé baveux et hilare, un affreux sodomite qui te troussait dans les chiottes de l'asile ? (Et pour plus de perfidie, il s'est permis d'ajouter). Ne nie pas. Zoé me l'a appris au téléphone.

J'en suis resté baba, muette. Non que les horreurs de Zoé ne me touchent pas en elles-mêmes, nous savons vous et moi qu'il est dans ses habitudes de m'appeler La folle, et le père Le maudit, qu'elle aime à se délecter de ces surnoms infamants. Il ne s'agit pas de ça professeur, mais de LUI, cet homme qui hier encore disait m'aimer pour ma différence et maintenant juge, blâme, est sans appel. Je me sens trahie professeur, et sale sous les paroles de cet homme-là, cet étranger soudain. Alors, dites-moi. Suis-je condamnée à l'errance jusqu'à la fin de mes jours ? À l'errance et à ne pas savoir garder l'amour ? Professeur Blanc, je ne suis coupable de rien, vous l'avez dit. Incapable de me souvenir, de parler, mutique, c'est ça, vous avez dit que j'étais mutique, devenue mutique ! Oh professeur ! Où vais-je aller si le bourgeois n'est qu'intolérance ?

— Pourquoi cherches-tu à tout détruire ? Qu'est-ce qui te pousse à tout détruire ? ai-je demandé, stupéfaite.

Mais il ne m'écoutait pas. Les yeux exorbités, il était dans son film. Il suivait le cheminement de ce film dans sa tête. Avec une vigueur délirante, il se badigeonnait d'images assassines, d'images abjectes. Il hurlait : « Réponds ! mais réponds ! »

Là, professeur, admettez que j'aurais pu craquer, me laisser engloutir une fois de plus. Eh bien non. Non, non et non ! J'ai fait face, je me suis conduite en battante. Et cette battante-là, vous savez ce qu'elle lui a dit ? jusqu'où elle a poussé le bouchon ? « *Au lieu de t'exciter pour rien, n'aie aucun scrupule à me baiser comme une salope maintenant qu'on t'a mis dans la tête que j'en étais une !* ». Voilà ce que je lui ai dit professeur, Texto. Je lui ai dit ça. Sa réaction ? Avez-vous déjà vu un aspic ? Pareil je vous le dis, dressé en arme fatale... prêt au massacre. Et puis le téléphone a sonné, et le répondeur s'est mis en marche, et la voix de la légitime, sa voix apprêtée, chuintante a remplie la pièce. « *Tu nous manques. Avec Mathieu, on voudrait venir. Tu aimerais qu'on vienne ? Rappelle s'il te plait. Je t'embrasse* ». Et lui, l'aspic, il a ravalé ses crocs, il est redevenu un homme coincé dans une situation complexe, voire explosive. Juste un mec ordinaire, dégrisé de son coup de folie, qui s'est mis à gémir. « *Je ne veux qu'une chose de toi, que tu ne changes jamais que tu restes la même... jusqu'au bout* ».

La même. Alors de quoi se plaint-il, professeur ?

Enfin voilà où nous en sommes. Est-ce ma faute ? À moi qui l'ai suivi sans réfléchir ? À lui qui a imposé à notre histoire une accélération trop brutale ? À la vie, qui n'est qu'une succession de tourments ? Où aux innombrables messages que sa femme laisse sur le répondeur et qui le culpabilisent ?

Frantz

1er juillet

Je me sens honteux. Je me sens nul. Je lui dis ; « Pardonne-moi. C'est parce que je t'aime, que l'idée de ton joli petit corps... J'ai pas supporté. J'ai pété les plombs. Ta sœur, quelle garce celle-là ! ». Elle ne répond pas. Elle reste immobile, face à la fenêtre où un papillon jaune s'est posé. Je redis : « Pardonne-moi... Pardonne-moi Sarah ».

Elle se retourne. « Pourquoi ne vas-tu pas retrouver ta femme... Je sens bien que tu ne m'aimes pas pour toujours ». « Mais elle je ne l'aime plus du tout », je gueule.

Elle dit encore « Je crois bien que notre rencontre c'est pas une vraie rencontre, mais maintenant qu'on l'a compris ». Je crie alors plus fort : « Non. Mais non, tu te trompes ! Notre rencontre c'est une vraie rencontre, c'est même plus que ça, c'est... ».

Mais elle ne m'écoute pas, pique un sucre sur la table, dévale les escaliers, se jette au-dehors. Dans un état second, je la poursuis... la rattrape... la renverse sur l'herbe... lui arrache sa petite culotte... Et de sentir sa peau, la chaleur douce, fraîche de sa peau, je m'enflamme... tandis que son visage si jeune, si enfantin, son visage comme lissé de l'intérieur, vidé des scories qui l'enchaînent, me donne des envies féroces, d'incontrôlables envies de violeur... La souffrance de son visage tendu pendant l'amour.

Sarah

4 juillet

Je sais maintenant que notre aventure ne survivra pas à l'été et aux nombreux messages que la dame aux chevilles lourdes laisse sur le répondeur en se servant de l'enfant aux yeux bleus dans son cadre d'argent. Je sais aussi que le cadeau d'adieu que j'ai voulu lui faire était une erreur parce que dérangeant l'ordre auquel cet homme est attaché, quoi qu'il ait pu croire ou vouloir vivre.

Une fois de plus, on dînait dans le jardin. Une fois de plus il me forçait à engloutir des steaks énormes sous prétexte que je manque de vitamines, d'oligos éléments, que sais-je encore. Le jour déclinait lentement, et la brume tombée d'un coup avait sevré le jardin de ses couleurs. Elle avait transformé la mer en une vaste plaine qui chevauchait le ciel, dont on ne distinguait ni le début, ni la fin, juste trouée par les phares des voitures qui passaient au bas de l'avenue. L'architecte avait ouvert une bouteille de Haut Médoc, d'une année disait-il, exceptionnelle, et on l'avait finie ensemble. Elle était donc vide, sur la table. Elle était entre nous quand il a dit, rêveur, en fixant les branches en guenilles d'un vieux cèdre, transformé en fantôme.

« Autrefois à Damas, j'ai fais l'amour à une femme sous un cèdre. Elle était douce, belle, avec des hanches fines et des yeux énamourés de gazelle. C'est la seule femme que j'ai aimée avant toi ». « Qu'est-il advenue d'elle ? ai-je alors demandé ». « Je n'en sais rien. Un jour elle a disparu. Aujourd'hui, j'y pense encore ».

« J'y pense encore... ». Sans doute est-ce cette phrase qui a déclenché le reste, à savoir qu'il me fallait d'urgence lui ôter cette image de la tête, me substituer à elle en quelque sorte. Quant aux pieds de la statue décapitée nichée sous ses branches, cette femme sans tête, aux seins de pierre et aux hanches d'amphore, qui parait-il me ressemble comme une autre moi-même elle aussi blessée, j'ai laissé choir ma robe, il a poussé un hurlement sinistre. « Qu'est-ce que tu fais ? Tu ne vas quand même pas te mettre à poil devant le portail ouvert ! Parce que je te signale que ce n'est ni le lieu ni le moment ». « O.K. Parce que le lieu et le moment c'est juste quand c'est toi qui décides, quand tu en as envie, à l'aise dans tes fantasmes, mais loin des regards indiscrets. C'est bien ça ? ». Mais, il refusait de m'entendre.

D'une poigne ferme, il me poussait vers la maison, m'isolait dans ses murs comme une pestiférée. « Je voudrais que tu réfléchisses parfois avant d'agir, que tu fasses un minimum d'efforts pour te conduire comme quelqu'un de... ». « Normal, mais dis-le ! ». À cet instant, professeur, je l'ai haï. J'ai haï cet homme qui une fois de plus et malgré ses allégations jouait les pères la pudeur au nom de je ne sais quelle idéologie absurde. J'ai hoqueté.

— Ce n'est pas un effort que je fais Frantz Meyer, ce sont des milliards d'efforts tous bout à bout depuis des années. Et toi, hormis me sauter, qu'attends-tu de moi ?

Il a pâli. Je vous jure qu'il a pâli. Et c'était impressionnant cette pâleur de cierge sur son visage. Elle m'arrachait à mes rêves, à la lente et pénible ascension que je m'étais promis de réussir. Je ne voulais pas que ça se termine ainsi. Je voulais, comprenez-moi professeur, une fin moins brutale, romantique sans doute, pour un jour pouvoir me dire. « *Tu as été aimée. Tu as été désirée. Maintenant bâtis-toi un avenir, et retiens de ce temps de l'amour, de l'amour de cet homme pour toi la force de te reconstruire* ». « J'étais, je suis encore, à la recherche de mon identité, pour — mais est-ce blâmable ? — me faire une place dans la vie des autres, et notamment dans la sienne. Quant à accumuler les erreurs, il y aurait bien un moment où toutes, elles capituleraient faute d'avoir déjà beaucoup servi ! Je ne savais que faire, que dire. Je n'osais même pas le regarder en face. Sa belle main manucurée pendait le long de son corps. Je ne voyais qu'elle, ne regardait qu'elle. Sa belle main manucurée si vibrante dans le plaisir, il me fallait la toucher, la garder, la presser sur mes lèvres.

Je l'ai prise, je l'ai gardée, je l'ai pressée sur mes lèvres et j'ai dit.

— Il faut que je découvre la clef.

— Quelle clef ?

Il essayait de garder son calme, de s'intéresser à ce qu'il croyait être des divagations infantiles et sans fin. Je voyais bien qu'il essayait. Je me demandais juste combien de temps il tiendrait... et en même temps, je trouvais cela si injuste, si en désaccord avec ce que je tentais de construire.

— Celle qui déverrouille la folie, l'empêche d'envahir ma tête, de faire ou de dire n'importe quoi.

En fait, « folie » n'était pas le mot qui convenait. J'ignore pourquoi j'ai dit ce mot-là. C'est un mot qui n'a plus court. Sans doute est-ce pour ça que je l'ai dit. Un mot qui n'a plus court, que vous refusez d'entendre professeur. On oublie ce mot-là.

Il a laissé passer un silence, puis il m'a prise dans ses bras et je me suis mise à sucer mon pouce. Vrai, mon pouce a rejoint mes lèvres, et c'était une impression si délicieuse, si inconnue jusque-là professeur, si apaisante aussi, que l'instant m'a paru béni des Dieux.

Dehors, la nuit avait définitivement gommé le jour. Le chien a gratté à notre porte. Pour la première fois, Frantz Meyer l'a autorisé à dormir dans notre chambre, puis il a dit :

— Il n'y a aucune folie en toi Sarah, juste la peur de l'avoir trop longtemps côtoyée. Mais une chose est sûre, je ne veux pas te perdre.

Une fois de plus je vous ai tout raconté professeur. Je vous ai raconté l'importance du mot inutile dans la bouche de l'architecte... Et pourquoi j'ai différé mon départ.

Frantz

7 juillet

Tout allait mieux. Tout allait bien. Ses appréhensions une à une se dissipent, et le soleil lui a dessiné des taches de rousseur sur les joues.

— J'boirai plus ce salaud s'il me défigure, dit-elle.

Et elle feint d'être en colère alors qu'en réalité, ça l'amuse. Je dis « *ça l'amuse* », parce que je le vois à l'éclat de ses yeux, à son petit nez qui frise, à ses bras autour de mon cou et au bonheur que j'ai de l'entendre rire.

Alors pourquoi fallait-il qu'une fois de plus tout vole en éclats ?

Si je croyais en Dieu, je me dirais. « C'est un signe qu'il te lance pour quitter cette gamine, retourner tranquille à tes habitudes, faire semblant d'être heureux et bander pour une autre ».

Seulement je ne crois plus en Dieu... et j'ai un peu bu ce soir.

— Voilà... je dois partir pour Strasbourg... Je reviendrai dès que possible.

— Partir, mais pourquoi ?

Elle a l'air de tomber des nues. Elle tombe toujours des nues quand quelque chose la dépasse.

— Mon fils à fait une mauvaise chute. Enfin... il a eu un accident.

— Grave ? demande-t-elle.

— Non. J'en sais rien. Je dois partir. C'est tout.

Qu'a t-elle cru en réalité ? Que je mentais ? Que lâchement je cherchais à m'éloigner d'elle, un peu comme on s'éloigne d'un rêve en se réveillant ? Mathieu a fait une chute, soit. Une lèvre éclatée, un cyclo foutu. Trois fois rien, hormis l'hystérie de Chloé au téléphone, ses reproches, et en fin de compte. « *Si tu ne rentres pas, on prends le premier avion et on vient te voir. Choisis, mais choisis vite. Tu ne vas quand même pas passer le reste des vacances éloigné de ton fils !* ».

La voilà la vraie raison. Qu'ils débarquent. Qu'ils découvrent la vérité. Mais suis-je prêt à assumer cette vérité ? À tout envoyer paître ? Lui en parler est au-dessus de mes forces.

— Si tu souhaites ne plus revenir, il ne faut plus revenir Frantz.

— Sarah !

— Chut. (Elle pose son index sur mes lèvres). Parfois on romantise. On est sincère sur le moment, puis un évènement surgit, dérange la surface des choses et remet tout en question.

— Mais c'est faux ! (J'ai la pénible impression de hurler. L'impression d'un vide immense). Faux, archi-faux et je t'aime !

— Tu m'aimes, on s'aime, et puis l'été finira, et tu t'en iras, et bla bla bla, et bla bla bla. (Elle a un petit rire résigné). En attendant, les plages sont remplies de beaux garçons à séduire.

... Vingt jours... à partager ses excentricités, sa folie. Vingt jours de fêtes païennes, de trapèze volant, d'abîmes... et douce sa peau, si douce... Et l'amour avec elle. Dieu l'amour !

— Pourquoi parles-tu ainsi ? Et d'abord à quoi riment ces logorrhées que tu débites comme une marionnette ?

Je suis conscient d'être allé trop loin. Mais l'idée de la perdre m'est insupportable.

À la fenêtre où elle s'appuie je l'arrache, lui prends le visage à deux mains. Sa peau sent le lichen doré, les clochettes roses, les dragées fondues sur la langue. Elle sent l'iode, le vent du large, les nuits passées, tous les parfums qui s'exaltent loin des cages, des maisons et des hommes de ma sorte.

— Jaloux ? T'es pas jaloux, tu me l'as dit.

— Ah oui. Et si je l'étais ?

Elle hausse les épaules et détourne son regard : « Tu serais un peu plus malheureux, c'est tout ».

Ne pas poser de questions. N'en poser aucune. Oublier les mots, ne retenir que le son de sa voix, son étrange, son envoûtante voix d'église, ce murmure fluctuant dont elle joue en virtuose... Pute et sainte à la fois, la rouerie d'une femme et l'innocence d'une madone.

Je partirai demain à l'aube. Je ne m'arrêterai pas pour déjeuner. Je pisserai contre les arbres. J'écouterai de la musique. Et Ferré chantera de sa voix frémissante et plaintive : « *Avec le temps va, tout s'en va...* ». Faux mon pote, faux ! archi-faux ! Jamais elle ne disparaîtra de ma mémoire.

— Si tu faisais du feu Frantz. J'ai un peu froid ce soir et je m'en irai cueillir des fleurs.

Pieds nus dans la campagne, elle est sortie. Pantalon de zouave serré aux chevilles, chemisier noir de gitane noué sous les seins, ruban jaune dans les cheveux. Pour une fois, elle portait au poignet le bracelet que je lui ai offert. Quand elle est revenu, son visage avait changé. Il n'offrait plus de prise.

— Tu veux du café ?

— Des bulles. J'veux juste des bulles... des milliers de bulles.

... Tard dans la nuit, je l'ai entraînée dans le jardin... et je l'ai prise contre le cèdre bleu, prise, reprise, violée sur l'herbe... Et le champagne a tiédi dans nos verres.

Sarah

8 juillet

— Tu seras à Strasbourg ce soir ?

— Dans la nuit.

— Tu feras l'amour à ta femme ?

— ...

Par son mutisme, il a rompu mes épousailles avec l'été et voilà où j'en suis, seule avec le chien sans nom dans la maison-catafalque, seule dans la chambre hideuse devant le feu éteint, raclant mon pamplemousse avec ma cuillère de baptême, la seule chose ici à m'appartenir.

— Je crois que tu m'as aimé durant ces vingt jours, a dit l'architecte.

Une clameur oppressante m'a barré la poitrine.

— Tu m'as aimé n'est-ce-pas ?

— Bien sûr, a répondu la clameur. Je ne peux pas supporter la solitude.

Donc, ce matin à l'aube, Frantz est parti. De la fenêtre, j'ai vu sa voiture disparaître derrière le casino et j'ai appelé le chien.

— Viens, on s'en va.

Ensemble, nous avons traversé des champs, une voie ferrée, un enclos où des chevaux piaffaient et tournaient en rond, une prairie couverte de coquelicots où je me suis allongée.

— Suffit le chien... Arrête d'aboyer ! Tu veux qu'on déguerpisse ? O.K. mais pour aller où ? Parceque si tu veux savoir, la vie avec Zoé me donne des envies de suicide..., parfaitement des envies de suicide ! Quant à Antoine...

Le chien avait l'air de s'en foutre. D'un bond, il m'a sauté sur le ventre.

— Salaud, espèce de salaud de chien. Si on ne peut plus causer maintenant !

Le chien et les coquelicots ont souillé ma robe de danseuse. Sans doute est-elle vulgaire cette robe d'un jaune électrique qu'une fille de l'asile a laissée sur le dallage froid de la chambre 12, pavillon des agités... La robe bouton d'or que j'ai volé ce jour-là.

Le ciel avait déjà fermé ses couleurs, quand sur une plage déserte on a atterri. À nos pieds, les vagues déferlaient, puissantes, frisées d'écume. Le chien en aboyant a disparu derrière les dunes. Je me suis approchée de l'eau.... « *Et si je m'en allais visiter les jardins d'algues blondes qu'Antoine peint si délicatement sur ses corps de femmes... me laisserait démantelée... un bras ici... un pied par là... et mes yeux privés de vie auraient cette fixité laiteuse des mortes sirènes... et mon corps démantelé, hideux, flotterait de rivage en rivage, repêché, détruit* ».

Très vite l'eau a atteint mes genoux, puis une vague plus forte que les autres m'a ceinturée les hanches. Alentour, l'impression de vide était totale. Seules au loin quelques lumières scintillaient. « *... Et si je me laissais emporter...* »

— Êtes-vous folle ou quoi ?

Étranges, ces mots qui toujours me poursuivent, refusent de me lâcher même au bord du gouffre. Ce soir-là, ils étaient sans importance, tant j'attendais de la nuit autre chose que le jappement du chien.

L'homme qui s'approchait, une lampe torche à hauteur du visage, était vêtu d'un *Macfarlane*. Il avait un regard sombre, des lèvres pleines, une barbe de plusieurs jours.

— Quelque chose ne va pas ?

Sa voix hésitait à poursuivre. Pour tout dire, elle était hésitante quant au choix des mots.

— Tout va, ai-je répondu. J'apprenais la mer au chien, mais c'est un chien citadin et je crains hélas qu'elle ne lui fasse un peu peur.

Il a eu un semblant de sourire.

— Êtes-vous de la région ?

— Non.(J'ai balancé mon bras d'un geste évasif) J'habite une maison d'ancien combattant là-bas. Mais j'ai beaucoup marché depuis.

— Vous tremblez, a-t-il dit, en posant son manteau sur mes épaules.

En fait le froid me venait de cette absurde robe de pacotille qui me collait de partout, que ça devait être pitoyable à voir cette robe lunaire tachée coquelicots. Mais l'inconnu avait l'air de s'en foutre, de la robe, du chien, et du reste. Il me fixait d'une étrange manière, douce et incisive à la fois. Il disait :

— Si vous voulez vous réchauffer devant le feu, j'habite à trois pas d'ici.

Je l'ai suivi. Le chien surgit des dunes s'est mis à gambader autour de nous. Jamais auparavant je ne l'avais vu aussi joyeux. Peut-être n'était-il pas totalement idiot comme Frantz le prétendait, que seule notre attention détournée l'empêchait d'être heureux. Mon pas dans celui de l'inconnu je serrais contre moi les plis trop lourds du *Macfarlane*, quand au détour d'un chemin creux la maison a surgie, toute blanche, ceinturée d'un bosquet, d'arbres et de fleurs. D'un coup de coude, il a poussé la porte.

— Comme moi, les portes, vous ne les fermez jamais à clef !

— Les clefs je les égare, a-t-il répondu laconique.

— Moi aussi je les égare, ai-je murmuré. (Et une brusque chaleur m'envahie).

Puis il a jeté un fagot dans la cheminée et craquée une allumette. Assise sur un coin de chaise, j'ai tendu mon corps vers les flammes. Son regard autant que le feu me réchauffaient. Ma robe a séché très vite.

— Avez-vous faim ? Si oui, je peux vous proposer du confit d'oie.

J'ai répondu que c'était O.K. J'ai même demandé si on pouvait en laisser un peu au chien.

— Pourquoi jeûnerait-il ?

L'inconnu souriait. Et son visage alors éclairé d'un sourire me rappelait un autre visage, lié au bonheur, puis au bonheur et à la souffrance, enfin uniquement à la souffrance.

Je n'avais plus l'impression d'être chez un étranger. Était-ce dû au charme qu'il dégageait ? où en celui tout aussi prenant de sa demeure ? Ici chaque objet semblait avoir trouvé sa place, chaque meuble la sienne et je m'interrogeais sur le temps qu'il lui avait fallu pour réunir tant de choses, les disposer avec autant de grâce.

— Vous aimez les maisons, n'est-ce pas ?

Il a admis que celle-ci lui plaisait et m'a invitée à en faire le tour. Le chien sur les talons nous avons traversé trois chambres quasi identiques. Dans la quatrième, une énorme verrière mordait en plan incliné sur le toit, et hormis un lit aux dimensions peu communes, une chaîne-laser haut de gamme et quelques bricoles exotiques, partout s'entassaient des toiles, des fusains, des esquisses. Sur une longue table à tréteaux blancs, des pinceaux alternaient avec des tubes de peinture, quelques chiffons, et un livre d'Art sur Soutine ouvert à la page vingt-deux.

— Mais vous êtes peintre ! (Cette découverte me

bouleversait. Peintre comme Antoine !) J'aime les peintres ai-je dit. Je savais que vous ne pouviez être un étranger.

***

Que dire de ses toiles ? Je ne puis prétendre les avoir aimées, même si par sournoise délicatesse je le lui ai laissé entendre. L'étrangeté de ses personnages liée à la fulgurance de ses couleurs, me ramenaient — et sans que je puisse m'en défendre — à un univers d'exclus sur lequel des années durant j'avais surfé sans qu'on me laisse un autre choix. La vie une fois de plus m'offrait une parenthèse et je ne sentais pas le temps passer... me foutais des heures qu'égrenait l'horloge, de la dernière bougie à chavirer sa flamme, l'inconnu réussissant divinement les ambiances, le vin chaud et jusqu'à l'impérieuse alchimie de ses musiques.

— Voulez-vous que je remette une autre bûche ?

Ce n'était qu'une proposition, banale en somme. Pourquoi m'a t-elle fait un effet boomerang ? Pourquoi me suis-je sentie rejetée ?

Une autre bûche ! Voulait-il dire par là que ma permission de rester touchait à sa fin, qu'il me fallait à présent songer à partir, disparaître ? Une onde froide m'a courue le long de l'échine. Je l'ai fixé droit dans les yeux.

— Je ne retournerai pas chez l'ancien combattant ce soir. Non, je ne pourrai pas.

Il est resté silencieux et j'ai répété, la voix de plus en plus trébuchante. « Je ne pourrai pas. Je ne pourrai pas ».

— Mais qui vous a demandé de partir ?

Alors, avec ma manie de toujours en rajouter, j'ai dit.

— Je reprendrai bien un bol de vin chaud. Non, pas vous ?

***

Bercée par le vent j'ai dormi. À mon réveil, la maison était silencieuse et de longues traînées rouges balayaient le ciel du côté d'Arromanche.

Quand le chien a déboulé de derrière un talus, j'ai eu peine à reconnaître l'homme qui le suivait et la veille pourtant m'avait offert l'hospitalité. Le jour lui allait bien, qui dévoilait un torse glabre, musclé, un torse d'athlète magnifique. Quel âge pouvait-il avoir ? Trente ? Trente cinq ans ? À mon avis, il était moins âgé que Frantz, oui, nettement moins âgé.

— Je m'en vais, ai-je dit.

— Mon nom est Lucas, et vous pouvez rester.

— Non. Quelqu'un m'attend.

— Quelqu'un d'important ?

— Je ne sais pas. J'ignore encore s'il est important.

—Votre visage ne m'est pas inconnu, a-t-il murmuré alors.

J'ai frémi à l'idée qu'il poursuive. Je hais cette incontournable partie de moi-même, réinventée par d'autres, et contre laquelle je ne suis pas de force à lutter.

— Voulez-vous du chien pour quelques jours ? Je sens bien qu'il vous préfère à moi... mais soyez sans crainte, je reviendrai le chercher... bientôt.

Je disais n'importe quoi. Une diversion absurde pour oublier les mots de l'inconnu qui continuait à se taire. Je suis partie sans jamais me retourner.

Dans la maison-catafalque c'était l'horreur. J'ai eu envie de tout démolir, de foutre le feu, de voir cramer les précieuses reliques. Par crainte d'une trop grande tentation, j'ai appelé Antoine au téléphone.

— Please Antoine, viens tout de suite. J'crois bien qu'on aurait dû partir en Bavière.

Je l'ai entendu à l'autre bout du fil qui ricanait.

— Parles distinctement si tu veux que je comprenne, a-t-il fini par maugréer. Maintenant, raconte où se trouve ton patelin à la con.

Je reste persuadée que cet appel impromptu l'a réjouit. Mais l'avouer, lui ficherait de l'urticaire. Bref, j'ai donné des détails, j'ai dépunaisé la photo du casino détruit pendant la dernière guerre et reconstruit depuis. *Ouis-tré-ham*, ai-je épelé le plus distinctement possible.

— *Ouistréham* ! Il rigolait. Franchement, où tu vas te nicher quand même. Bon, et bien je serai là demain aux aurores. Ce soir je ne peux pas. (Et il a raccroché).

***

Je ne voulais pas si promptement revenir chez Lucas, professeur. J'ai essayé de me convaincre qu'une nuit de solitude dans la maison-catafalque était en mon pouvoir. Erreur ! Quand l'obscurité s'est mise à tout grignoter, j'ai pris l'Austin de la légitime, pour la laisser en bordure de route, juste avant la haie d'escalonias... Et se fût comme si l'on m'attendait, d'abord la maison, ouverte sur la nuit, puis Lucas, le chien, le vin clair sur la table.

— Votre steak vous le voulez comment ?

J'ai répondu.

— Pour le steak je m'en fous.

Cette nuit-là, j'ai pensé qu'aucun homme ne vous est destiné, que le hasard, il faut l'agripper, lui faire un gringue de tous les diables... Et la suite n'est que musique.

— Bolivienne, a dit Lucas. Savez-vous que votre chien est fou de musique. Et si nous l'appelions *Mélomane* ?

— *Mélomane*, n'est-ce pas trop prétentieux pour lui ?

— Non, a-t-il répondu. À moins que vous n'y voyiez une objection.

L'objection était Frantz, quand il qualifiait le chien d'idiot. Mais je n'ai rien dit de tel, et on l'a baptisé à l'eau fraîche du puit.

— *Mélomane* ! ça me faisait tout drôle de l'appeler ainsi. Mélomane, pisse pas sur les fleurs, *Mélomane*, bouffe pas les coussins de Lucas ! Non mais alors *Mélo*, il n'est pas bientôt fini ce raffut ?

Le lendemain matin, à mon retour chez l'architecte, Antoine attendait, le dos collé au portail.

— Alors comme ça ma vieille on appelle au secours, et quand j'arrive c'est l'Arlésienne.

Il est si grand Antoine, qu'il a dû se baisser pour franchir le seuil de la maison.

— On ne s'embrasse pas ? ai-je dit.

— Belle Sarah... (Il paraissait surexcité). Un air de biche, la fesse et le sein provocants, mais quelle candeur dans le regard ! Quelle troublante, irrésistible candeur ! Non mais sais-tu Madame que tu me bottes ? Au fait, il t'a plaqué ton mec ?

Je me suis senti frémir.

— Écoute Antoine. Si tu es venu pour me raconter

des âneries ou parce que ça te soulage de les raconter, tu t'en vas ».

— Nenni ma belle ! (Il m'a pris les poignets, les a serrés très fort). Il t'a plaqué ou quoi ?

— Tu es fou ! Sa femme n'arrête pas de lui faire du chantage. Il est juste allé calmer le jeu.

— Le gag ! (Il riait comme un débile, comme moi parfois sans aucune gaieté. Faut dire qu'on s'est trouvés plus d'une fois synchrones pour ce genre d'exercice).

— T'es sûre au moins qu'il va revenir ? Tu sais, les bourgeois, c'est plein de suffisance, ça prend, ça jette, ça manque cruellement de cœur et ça a toujours raison !

— Arrête !

Il continuait à rigoler.

— Sinistre cet antre de vieillard ! Tu m'offres un verre ?

Mais son oeil d'aigle avait déjà repéré le bar, où, perché sur un tabouret, il déclamait, grandiloquant. « Scotch, bourbon, campary, brandy, cointreau, martini, suze, porto, gin, vodka, fine Napoléon... Il écluse tout ça ton mec ? ».

J'ai redit.

— Si c'est pour délirer, tu peux repartir.

— Voyons petit ourson, (Il affectait un ton gouailleur). Tu sais depuis combien de temps je poirote pour ta jolie petite gueule ? Cela dit, je refuse de dormir dans cette baraque de dégénérés, j'ai apporté ma tente, et la tente, je la planterai sur la pelouse. Libre à toi de venir ou non.

Frantz

10 juillet

— Tu as rêvé cette nuit, a marmonné Chloé, encore enfouie sous les draps.

— ...

— Tu suffoquais, tu te débattais, tu appelais une fille du nom de Sarah. Tu connais une Sarah ? Il y avait tellement de douleur dans ta voix Frantz. Tellement de...

— Oui ?

— Passion !

Quarante-huit heures que je suis dans le brouillard. Quarante-huit heures que le téléphone là-bas reste muet. Mais que fait-elle de ses nuits ? de ses jours ? Où a-t-elle disparue ? Et son portable, je lui bien offert un portable ! « *Vous êtes bien sur la messagerie vocale.... Vous pouvez laisser un message...* ». Sait-elle seulement le faire fonctionner ? À moins qu'elle ne l'ai égaré....ou carrément perdu. Et si elle avait rencontré quelqu'un d'autre ? « *Les plages sont remplies de beaux garçons à séduire...* ». Ben voyons ! D'ici qu'elle les ramène à la maison, qu'ils dorment dans mon lit ! Dans mon lit ! Et qu'ils la baisent ! qu'ils la baisent !!! « *Je ne peux pas supporter la solitude... Jaloux ? T'es pas jaloux, tu me l'a dit...* » Ah oui ? Et si je l'étais bordel ! Si je l'étais ?

Par-ce-que-je-le-suis. Je le suis !

— Quelque chose ne va pas, Frantz ?

Chloé m'entoure de ses bras. Je l'écarte avec douceur. Enfin, j'essaie d'y mettre de la douceur. Comment expliquer ? Je suis en état de fuite et pour la première fois je la contemple d'un regard usé. Cet imperceptiblement fléchissement des chairs, ces stigmates indécis qui demain s'afficheront, implacables... Je sais. On ne devrait pas s'éprendre des jeunes filles. La comparaison est injuste.

— Je partirai ce soir. J'ai du travail en retard, je te l'ai déjà dit et j'ai besoin d'être seul. Mais je te promets de passer le mois d'août là où tu voudras. Décide avec Mathieu et je vous rejoindrai.

Le mensonge est devenu pour moi une seconde nature. Je m'y sens bien. Je m'y sens grand. Inattaquable. Foutaises. En fait je ne me supporte qu'ailleurs.

Sarah

11 juillet

Une curieuse brûlure m'a traversé le cœur en voyant l'architecte.

— ... Depuis quand êtes-vous là ?

Il a poussé un hurlement sinistre.

— Alors, on ne se tutoie plus ?

Et sans qu'Antoine ait pu intervenir, il m'a sorti de la tente, m'a poussée vers la maison, prisonnière derrière la porte fermée.

— P'tite pute ! Je comprends maintenant pourquoi ça ne répondait jamais. Tu avais trouvé un autre partenaire, hein !

— Tu ne piges rien du tout, ai-je rétorqué, complètement ahurie. Je ne voulais pas être seule, c'est tout.

— Ah! Ah! Belle excuse ! (Il vociférait comme un malade, comme dans un film de millième zone avec effets bastringues et loupés à la fois). Et quel est ce tocard avec lequel tu couchais ?

Je n'en croyais pas mes oreilles. J'en étais souffletée. À l'intérieur de moi, tout se glaçait. Avec peine, j'ai hoqueté.

— C'est pas un tocard, c'est Antoine. De plus, on ne couchait pas ensemble, on dormait l'un auprès de l'autre, nuance.

Il a hurlé encore plus fort.

— Et à qui veux-tu faire croire ça ? À qui ?

— À tous ceux de mon âge, ai-je répliqué très calme, perturbée toutefois par ce dinosaure qui voulait me bouffer, ce bourgeois nul, comme sa maison nulle, qui osait, jugeait, clamait : « Tu as baisé ». Puisque c'est comme ça, je m'en vais. D'ailleurs, jamais je n'aurais dû venir. (Et sans plus attendre, j'ai balancé mes affaires dans mon sac de gym).

Quand j'ai atteint la porte, j'ai cru entendre comme un sanglot. Je me suis retournée. Eh bien j'ose à peine l'écrire professeur Blanc. Pourtant rien n'est plus vrai, je le jure. Lui, Frantz Meyer, trente-huit ans, 1m82, architecte DPLG, beau comme mille Dieux de l '*Olympe*, roi des chantiers de Sicile et de Syrie, des résidences huppées de je ne sais où et d'ailleurs, pleurait. Je n'en revenais pas. J'ai posé mon sac de gym.

— Pourquoi pleures-tu ? (Il n'a pas répondu). C'est quand même pas à cause de moi, on se connaît à peine. Alors pourquoi ?

Là, il m'a anéantie.

— Ne t'en va pas... Je t'en, supplie, ne t'en va pas. J'ai été injuste, je le regrette ... et pour ton ... copain, je lui ferai des excuses si tu l'exiges... mais je t'en prie... reste... ne me laisse pas !

J'en étais sciée, out, complètement déboulonnée. Ma tête, c'était *Luna Park*, vertiges, flonflons, grosse-caisse, chenille noire, nuage rouge et montagne russe. Ce type me sciait ! Je n'avais plus de jambe, plus de bras, j'étais moite, toute molle, d'abord parce que c'était la première fois que je le voyais pleurer, ensuite la première aussi qu'il me témoignait un tel attachement.

— C'est drôle que tu tiennes autant à moi, ai-je dit, incrédule. J'ai pourtant pas l'impression de te rendre heureux.

Antoine

11 juillet

Je la revois, comme si c'était hier. Je revois son regard blessé, ses vêtements de carnaval. Je l'entends qui murmure, la main serrée sur la courroie du sac qu'elle porte en bandoulière. « Zoé a refusé de m'ouvrir la porte. Elle m'a laissé dehors... exprès. Elle l'a fait exprès. Je peux dormir chez toi ? »

Alors j'ai repoussé les draps et je me suis levé. « Va-t-en », ai-je dit à la fille, nue à mes côtés. Voyant qu'elle ne bougeait pas, j'ai répété. « S'il te plaît. Va-t-en ».

Quand elle fut partie, Sarah s'est approchée du lit.

— Fais-moi l'amour.

J'ai cru qu'elle reperdait la raison. J'ai cru... que toujours elle serait prisonnière de ses limbes et qu'aucune médecine au monde n'y viendrait à bout. J'ai eu envie de pleurer et je l'ai regardé avec tristesse. A-t-elle lu cette tristesse sur mon visage ? A-t-elle lu l'inquiétude que de tels mots, l'empreinte de tels mots pouvaient laisser en moi ? Sans doute, puisqu'elle a dit avec un semblant de sourire. « Tu m'as bien comprise Antoine. Je veux que tu me fasses l'amour. Je ne veux plus être seule. Je veux qu'on m'aime ! ». Et elle a répété plusieurs fois, un peu comme une litanie. « Qu'on m'aime. Je veux juste qu'on m'aime ». Puis elle a fait glisser ses lèvres sur mon cou. « Caresse-moi... Je sais que tu en as envie ».

J'ai tenté de la repousser. Non que la perspective de la posséder enfin me déplaisait. J'en rêvais depuis toujours, enfin depuis qu'elle avait disparu derrière les imprenables murs de cet asile de merde ! Depuis qu'on l'avait enfermé parce qu'elle n'avait personne pour la défendre... Seulement je me disais. « Tu vas être impuissant vieux, tu as trop rêvé d'elle, maintenant tu ne pourras pas... Oui je me disais, tu vas être impuissant... ». Mais j'ignore ce qui s'est passé. À un moment, je l'ai vue, nue devant moi, et ma bouche s'est trouvée sur son ventre. Je pleurais, je lui disais des choses naïves, romanticons... Je psalmodiais des trucs un peu bêtas, sans doute... Je me rappelle sa voix, légère comme un souffle. « Caresse-moi Antoine, oui, caresse-moi... ». Et je lui ai fait l'amour, et nous avons fait l'amour. Ses lèvres étaient douces et ses yeux noyés. « Ce moment Sarah... ce moment... si tu savais... ».

Quand le ciel s'est assombri du côté des marécages, que la pluie s'est mise à battre les carreaux, elle a eut un geste de replis, comme un long frémissement de son corps délicat, et curieusement j'ai songé à ce plaisir qui ne menait à rien...

que nous avions partagé mais qui ne menait à rien. J'ai pris son visage dans mes doigts, je l'ai caressé avec ferveur.

— Pauvre petite fille qui fait l'amour sans aimer.

— Ne dis pas ça Antoine. Dis jamais ça. Je t'aime à ma manière.

Puis elle s'est mise à pleurer. Elle est redevenue la petite Sarah d'avant le drame, celle avec qui je partais à bicyclette découvrir la campagne et les bois, cueillir l'oseille sauvage et boire l'eau des fontaines, celle pour qui je gardais mon argent de poche afin de lui offrir des peignes et des rubans pour ses cheveux.

— Allons ne pleure pas, ai-je dit. Demain c'est grande marée et nous irons à la pêche aux moules.

C'était il y a deux ans. Deux ans déjà ! Sa première sortie hors de l'asile ! Le car l'avait laissée à l'angle des *Deux Fourches*. Il n'allait pas plus loin. À pied, elle avait dû parcourir les quatre kilomètres qui la séparaient de sa maison. Mais Zoé n'avait jamais ouvert la porte. Elle l'avait forcée à attendre, à espérer jusqu'à ce que la nuit la surprenne, et avec la nuit l'irréductible peur qu'elle en avait.

Depuis, j'ai son odeur en moi, dans ma bouche, sur mon sexe. Je la cherche sur d'autres peaux. Je hais toutes ces femelles sans fantaisie, sans esprit créatif, vides, dérisoirement vides.

... Parait qu'aujourd'hui elle ne se souvient pas qu'on s'est aimés. Mais de quoi se souvient-elle Sarah, à s'envoyer en l'air avec le premier bourgeois qui passe ?

Sarah

13 juillet

J'y comprends plus rien professeur. J'ai l'impression de marcher à l'envers au travers d'un temps qui jouerait les brouilleurs de piste. Vous dire que j'ai dormi sous la tente d'Antoine est une chose. Dans un sac de couchage bien à moi en est une autre, et je ne m'appesantirais pas sur ces détails, somme toute futiles en ce qui me concerne. Il ne s'agit pas de ça professeur, mais d'une odeur... l'odeur d'Antoine, ses fragrances particulières, lesquelles me frappaient déjà, quand perchée sur le guidon de son vélo il tentait vainement de me faire aimer la campagne. Or, j'ai toujours haï la campagne, ses vaches et son colza. Je n'aime que les fronts de mer, la lande brûlée, les vagues à s'affronter en guerrières, et le vent ! Ah le vent ! Avons-nous assez parlé du vent, n'est ce pas professeur ?

Que j'en vienne au fait ? Du calme professeur. J'arrive, j'arrive ! Donc, à cette odeur de poivre-menthe, se rattache un souvenir, mais lequel ? Quel est ce souvenir dont l'intimité m'échappe ? Était-ce, dites-moi, à l'époque où je vous servais de cobaye ? Où vous transformiez mes cauchemars en sirupeux mirages ? Ne protestez pas. Vous savez que je n'invente rien. Nous savons tous que vos méthodes ont fait plonger plus d'un... définitivement ! Que j'en parle à Antoine ? Mais je l'ai fait. Seulement, avec une subtilité assez désarmante il esquive chacune de mes questions. Il joue les amnésiques alors que quelque chose le ronge, je le sens, comme me ronge ce puzzle que je ne peux reconstruire, que j'aimerais tant reconstruire avant que l'été ne touche à sa fin et avec lui le glas de mon histoire avec l'architecte. Je sais... trop de choses nous séparent, trop d'années sans doute... ou de précipitation. Et puis il y a cette femme, la légitime, qui n'arrête pas d'appeler, son fils, l'enfant aux yeux bleus dans son cadre d'argent, qui remet la gomme, et maintenant leur voyage au Texas. J'ai vu les billets. Je les ai même eu dans la main une minute ou deux, le temps qu'il règle leurs vacances première classe via Dallas, qu'il choisisse pour le faire la très chic agence *Thelma & Vauclin* de Deauville. Deauville, dont il dit pis que pendre. « *Un endroit pour shampouineuses depuis que les congés payés ont drainé une clientèle de petites gens* ». Ce sont ses mots professeur, texto ses mots, à croire qu'il est fils de roi, de prince ou de je ne sais quoi encore. Qu'il a passé sa vie dans des châteaux à pont-levis et autres préciosités du même genre. Bref, tandis qu'il sirotait un double *Manhattan* au *bar du Soleil*, j'ai plongé dans la mer, aussi exceptionnellement bleue ce jour-là que l'eau de la piscine de Southfork, le ranch au gazon maudit, aux arbres en plumeaux entrés dans la légende. Quoi ? Vous ne connaissez pas Southfork, J.R., Jock, Cliff Barnes, toute la clique des pétroliers géants ? Même pas cette pocharde de Sue Helen, avec ses tics à se déglinguer les zygomatiques ? pas plus que Lucie, la naine nymphomane, ni miss Ellie ? De quoi je vous parle ? Mais de Dallas ! ce feuilleton qu'on nous repassait en boucle à l'asile, dont on connaît les répliques sur le bout du cœur ! Le cœur des filles à s'enflammer pour Boby, le cadet des Ewing, dont on haïssait les compagnes, disparues l'une après l'autre juste pour qu'on reprennent espoir, l'espoir qui nous manquait tellement... et maintenant, lui, l'architecte, qui va partir là-bas, qui continue imperturbable à siroter son double *Manhattan* en attendant que je revienne... Dallas et son univers impitoyable dont je suis exclue !

— C'est l'avenir qui te rend morose ? ai-je demandé, une fois assise à ses côtés.

— Possible.

— Et je suis dans ton avenir ?

— Tu es dans mes pensées.C'est l'essentiel, non ?

— Cela pourrait me suffire, ai-je répondu, en affichant l'air faraud d'une vraie dure pour éviter de me briser en un milliard de morceaux.

Mais ce Frantz-là n'émergeait pas de son pessimisme. Il en était jusqu'au cou, enlisé, défaitiste. Il affichait un air de chien battu comme si le fait que je sois à demie-nue, (en réalité en monokini, mais parce que j'avais laissé le haut dans un sac à Ouistréham et que la balade via Deauville s'était décidée après le coup de fil larmoyant de la légitime, ce qui avait chamboulé son humeur) était une atteinte à sa dignité. C'est fou comme il devient puritain dès qu'il y a trois galeux autour de lui.

— Couvre-toi. Ne vois-tu pas que tout le monde te regarde ? a-t-il marmonné, en jetant des coups d'œils furtifs dans tous les sens.

— Pas étonnant, ai-je répondu sur le même ton. Il n'y a que des tocardes. Elles sont jalouses.

Bref, tout le reste de la journée, il a conservé un air de père adoptif à qui l'on aurait refilé un rejeton pas conforme, à s'imposer des sanctions pour son amour en pointillé, et moi, professeur, toute la nuit j'ai réfléchi aux conséquences de cet air-là, à la manière de tout simplifier en quelque sorte. « Je crains que tu ne transformes en passion douloureuse, ce qui n'est qu'une fixation intellectuelle, lui ai-je dit. À ce rythme, tu vas te détruire ou rafler un infarctus. Please, Frantz, ne complique pas encore ce qui est déjà embrouillé. L'important m'as-tu dit, n'est-ce pas de maîtriser ses passions, de ne jamais se sentir esclave ou prisonnier d'un sentiment ? »

Et il a hurlé ! (C'est fou comme il est nerveux depuis quelque temps) que tout cela n'était que foutaise et mots creux qui sonnaient plus que glas maintenant qu'il m'aimait, qu'il ne pouvait rien contre cet amour, qu'il m'aimait à en crever.

J'arrive pourtant pas à le rendre heureux.

Frantz

14 juillet

J'ignore comment tout cela va finir. J'ai l'impression de pédaler dans le vide... Le vide et la souffrance, la souffrance liée à l'amour.

Mais de quel absurde amour s'agit-il, qui vous laisse aussi démuni, incapable de prévoir le pire, mais le testant à chaque seconde ? Je suis un homme sous influence, un pauvre fou vivant d'urgence et de désir, quêtant jusqu'à douleur prenante tout ce qui l'habite.

Hier, chez *Thelma & Vauclin*, alors que la vendeuse nous souhaitait bon voyage, qu'elle insistait sur « *les merveilleux paysages et les merveilleux texans* » qu'à l'évidence on allait découvrir, elle est restée digne, les billets dans la main, le visage comme vidé de toute émotion, avec juste le bout des doigts qui tremblaient quand elle me les a tendu . Je n'ai pas cru un instant à son indifférence. Je sais d'elle trop de choses à présent. Je sais sa douceur, sa violence et l'amour qu'elle me donne. Je sais aussi sa peur et le refus de se projeter dans l'avenir.

Le courage... serait sans doute de la quitter, ou de s'en foutre, ou de lui faire un cadeau, comme à une pute, une... Le courage ! Je voudrais juste dormir, sans chaque fois me réveiller le sexe brûlant et la gorge sèche, torturé à l'idée d'une place vide à mes côtés... et l'étreindre, et la baiser, et l'immoler... parfois.

Sarah

18 juillet

J'ai rencontré Antoine sur le môle professeur. Il peignait des bateaux rouillés et des ciels blafards. Je sais, les ciels d'Antoine sont toujours blafards et son humeur trop souvent leur ressemble. Pour cette raison sans doute me suis-je éloignée de lui, enfin d'une certaine manière éloignée, sans que mes sentiments, mon affection cependant n'en soient affaiblis.

— Antoine, Antoine !

— Quelle flamme.

Je n'en revenais pas de sa présence. Je le croyais reparti, en colère sans doute, par ma faute déçu, et il était là, immobile sur le quai glissant, à plisser ses yeux jaunes, à m'étreindre.

— Pour les excuses, c'est le moment, ai-je dit à Frantz, qui, à l'écart, nous observait.

Devant son peu d'enthousiasme, j'ai pris les choses en main en proposant qu'on aille boire un verre. « C'est moi qui invite », ai-je précisé, afin que les choses soient bien claires. Aussitôt Frantz est intervenu. « Ne vois-tu pas que ton copain travaille que son *Art* l'accapare ! », a-t-il maugrée, en fronçant les sourcils. « Mon *Art* se passera fort bien de ce fichu pays et de tout ce qui s'en rattache », a répliqué Antoine avec humour. Et, séance tenante, il a plié son chevalet, il a rangé ses pinceaux, ses chiffons, ses couleurs dans le coffre de la *Coccinelle* et l'on a filé boire un verre au bar de l'*Océan*.

Le bar de l'*Océan* est situé face à la plage, sauf qu'on ne la voit pas. De vieilles cabines dépenaillées jouent les remparts imprenables. Bref, au bout d'un moment, excédée de l'ambiance déplorable qui persistait, j'ai dit.

— J'ai pas envie qu'on se quitte. Ce soir, on pourrait dîner ensemble ! (Aussitôt Frantz a affiché une mine revêche qui lui donnait dix ans de plus). J'ai pas envie, ai-je répété, en le fixant droit dans les yeux.

Surpris, Antoine nous observait. À la gaieté soudaine de son regard, j'ai vu que la situation commençait à lui plaire. Je l'ai encore mieux compris, quand, se piquant d'ironie, il s'est adressé à Frantz.

— J'ai un ami qui expose ses toiles chez un baron anglais, à deux pas d'ici. Voulez-vous venir ? À moins que... la peinture ne vous barbe.

— Cela dépend laquelle, a répliqué Frantz sèchement.

— À défaut de la mienne ou de la sienne, a répondu Antoine, imperturbable, je vous signale que ce riche baron possède une collection de *Flamands* de toute beauté.

Un silence a suivi, pesant. J'en ai profité pour appeler le serveur, mais plus rapide avait été Frantz, qui d'une manière ostentatoire lui tendait un billet de cent francs.

— Vous commettez une erreur, a déclaré Antoine.

— Que voulez-vous dire ?

— J'ai accepté un verre de Sarah. Pas de vous.

Frantz a ricané comme un bourgeois qui croit tout s'offrir avec des sous.

— Quelle différence ?

— C'est votre façon d'aimer que de tenir votre partenaire en laisse ?

J'ai vu le moment où ils allaient se battre, où j'aurais à choisir entre eux. Une nouvelle fois j'ai pris les choses en main. Je me suis levée la première et, sans les regarder, j'ai balancé quatre pièces de dix francs sur la table.

***

On ne peut pas parler de capitulation. Dans sa belle tête, c'est une notion i-nen-vi-sa-geable- pour lui, l'architecte DPLG, roi des chantiers de Sicile et de Syrie, des résidences huppées de je ne sais où et d'ailleurs.

La *Porsche* a suivi la *Coccinelle*. J'étais dans la seconde, lovée au creux du siège baquet noir, quand à trois kilomètres environ d'Houlgate, Antoine nous a fait signe de ralentir. Sur notre gauche s'ouvrait une allée de hêtres roux... une voûte sombre, truffée de branches emmêlées, au terme de laquelle un château rose à tourelles et clochetons a surgi, comme échappé d'un conte.

J'étais émerveillée. Jamais je ne m'étais figuré un endroit pareil. J'ai posé ma joue contre le veston de Frantz.

— Je suis contente d'être là. Et toi, t'es bien aussi ?

— Je serais mieux ailleurs, a-t-il répondu, sinistre, en s'engouffrant sous le porche.

J'ai balayé la phrase noire en vidant une coupe de champagne, mêlée à la foule d'invités qui tous un verre à la main papotaient chic sous les lustres de Bohème. J'ai observé les femmes, rien que du beau monde, de la nippe soyeuse, du must coûteux. Enfin, Antoine nous a présenté à un vieil homme à tête d'albinos, le baron lui-même.

De quoi avons-nous parlé ? Je me rappelle seulement des manières exquises et des deux sourires de ce vieillard charmant. L'un, poupin, d'une juvénilité confondante, l'autre matois, presque cruel. Et ces deux sourires dans ce visage par ailleurs sans expression, semblaient animer deux vies parallèles qui toujours se seraient épiées, sans toutefois en déterminer la plus formelle. Donc, tout allait bien. Frantz paraissait en meilleure forme, enfin plus détendu. Un peu à l'écart, il dialoguait architecture en compagnie du baron-albinos. J'ai repris une nouvelle coupe de champagne.

— Tu me fais visiter l'expo ? ai-je dit à Antoine.

À peine avais-je posé mon verre, que j'ai entendu mon nom, chuchoté comme une caresse.

— Sarah...

Je me suis retournée, et je l'ai vu, lui, Lucas ! Il m'a prise dans ses bras, et d'émotion, de surprise, d'émoi, je ne sais, il m'a embrassé les lèvres pour la première fois.

— Sarah... Je vous ai tellement cherchée ! Est-ce bien vous ?

Ébahi, Antoine nous observait.

— J'ignorais que vous vous connaissiez ! Comment se fait-il ? (Il s'adressait à moi) Ah bon Dieu ! Mais tu ne m'a rien dit ! Donc, tu as rencontré Lucas, mon ami Lucas Broncelli ! l'auteur de *La jeune fille en bleu* ! T'en ai-je assez parlé de cette toile et de son modèle. Tu t'en souviens au moins ?

La jeune fille en bleu, comment l'oublier, elle, et son histoire détonante ! Mais Lucas ! rien jusque-là ne m'avait laissé entendre qu'il s'agissait du Lucas de ses souvenirs. Celui que toujours il appelait : *Le Condor*. Cette journée décidément était la plus belle, la plus étonnante des surprises. Le hasard m'avait fait rencontrer Lucas, ce même Lucas qu'on fêtait ce soir, et chez lequel à son tour Antoine avait trouvé refuge.

J'ai repris une troisième coupe de champagne. Les pendeloques des lustres brillaient comme autant d'étoiles qui traversaient mon ciel et je riais la gorge renversée, je riais de bonheur intense, quand, dans l'un des innombrables miroirs du hall, j'ai aperçu le visage de Frantz. Or ce visage, fermé, hostile, semblait appartenir à un monde d'ennui, de justification perpétuelle.

— Quel est ce type qui t'embrassait sur la bouche ?

J'ai mis dans mon regard toute la compréhension que je pouvais, mon enfance gâchée, ma jeunesse en miettes. J'y ai mis... La confiance que j'espérais en lui, le chemin parcouru ensemble et jusqu'à notre parenthèse encore ouverte.

— Il m'a offert l'hospitalité quand tu étais absent.

— Salope !

C'est alors qu'Antoine lui a cassé la gueule, qu'il y a eu beaucoup de bruit autour de nous, des flashs, quelques criaillements d'hystériques, qu'un journaliste en mal de copie a titré sur trois colonnes : « Sarah L... où la tragédie perpétuelle ».

Frantz

18 juillet

Elle est restée auprès d'eux, couvée par son grand aigle noir comme elle l'appelle, et l'autre, le barbouilleur à tête de *Gréco*.

Compteur bloqué, j'ai roulé, la tête torride. Au bout du compte, ce bar de putes où à coups de whiskies je m'assassine.

Je suis malade Chlo, malade de cette garce, cette garce qui parce qu'elle a un beau cul. Non mais, pour qui se prend-elle, hein ? Pour qui ? Des filles, j'en ai toujours eu, des dizaines, des centaines, des milliers de filles, toutes des salopes ! Oh Sarah, j'en crève, mais j'en crève bordel !

... Vois-tu Chlo, je n'oublierai jamais son visage quand je l'ai giflé. Tout ce désarroi, tout cet amour qu'elle m'enlevait ! Et la tristesse... Il y avait tant de tristesse sur son visage Chlo, une telle... désolation ! Mais c'est de sa faute aussi. Toujours à me provoquer, à jouer les allumeuses. « On se fait une déprimante story », dit-elle. « Une déprimante story ! ». J'parie qu'elle ne sait même pas ce que ça veut dire, qu'elle a glané ça dans l'un des ces magazines idiots, écrit par des analphabètes, des branchés du cul, de la fraternité illusionniste, des lesbiennes en mal d'orgasme, encore des salopes !

Remarque... J'ai toujours su que je pouvais la perdre, comme ça, sur une phrase, un regard, un sourire... adressé à un autre. C'est qu'elle m'a tellement investi la tête ma pauvre Chlo... et le corps. Ah le corps ! T'as pas idée comme elle a investi mon pauvre corps... pas idée de ce qui se passait dans son asile, de l'illuminé qui l'a violée une nuit de pleine lune, des autres qui tout autour se masturbaient...

Quoi ? Le temps nous guérit de tout ? Mais je n'ai plus de temps ma pauvre Chlo, je n'ai que du désir, t'entends ? DU-DÉ-SIR !!!

Sarah

20 juillet

Il devait être aux environs de treize heures quand il a fait irruption chez Lucas. Nous étions à table. Bien avant nous le chien avait décelé sa présence et s'était mis à aboyer.

— Arrête Mélo. Il n'est pas bon le foie qu'on te donne ?

Dans l'embrasure de la porte, sa silhouette mangeait le soleil. J'ai tourné la tête. La sienne paraissait dix ans de plus.

— Entrez. Asseyez-vous.

J'admirerai toujours la parfaite maîtrise de Lucas, sa convivialité exceptionnelle.

— Avez-vous déjeuné ?

Là, je me suis demandé s'il ne jouait pas les provocateurs, s'il n'en rajoutait pas un maximum, mais la silhouette de Frantz, toujours immobile, continuait à grignoter le soleil. Il me faisait peur.

— Pourrais-je te parler ? a-t-il dit enfin.

Aussitôt, Antoine s'est interposé.

— Je sais, a objecté Frantz. Je vous dois des excuses, mais restez en dehors de ceci. Voulez-vous ?

Je me suis levé.

— Je crois qu'on a rien à se dire.

Mais il m'avait pris la main, et sa main sur la mienne tremblait. Je ne pouvais croire à cette identité qu'il affichait, celle d'un type en plein désarroi, irrigué d'un milliard d'illusions romanesques pour une fille qu'il connaissait à peine.

— Si tu étais sûre de m'aimer, je pourrais...

— Non !

Prise de terreur au milieu des pâquerettes et des oeillets, j'ai voulu me libérer, mais il me tenait prisonnière. Ma parole ! De quelle foutue planète débarquait-il ? Histoire de se défouler, il pétait les plombs, te balançait une baffe, te traitait de salope, décapitait votre rencontre, et quarante-huit heures plus tard il surgissait avec une tête à avoir baroudé un siècle pour t'offrir sa vie en partage.

— Il faut me laisser, ai-je dit. Et puis maintenant vous... tu... me fais peur.

— Peur ?

J'ai acquiescé de la tête sans toutefois le regarder en face.

— Peur ? Mais cela est absurde !

***

Oh Frantz, faut pas pleurer pour moi. C'est vrai quoi, un mec qui pleure, qui dit hoquetant et vulnérable tout d'un coup. « Pardon, je suis un con, je n'avais pas compris, mais maintenant tu vas voir... ». Un mec qui au départ frimait tellement et soudain s'en va à la dérive.

Un homme, c'est donc rien ou pas grand chose, et l'amour une illusion qu'on se partage histoire de se sucrer le cœur ?

Intérieurement je me répétais : « Laisse-le partir. Ne t'accroche pas à ses basques. Jamais vous n'avez été synchrones. L'as-tu aimé seulement ? Que sais-tu de l'amour pauvre Sarah ? Sois pas comme le naufragé qui s'accroche à la première planche qui passe, qui se berce d'illusions sur sa planche pourrie. Dis-lui de partir ».

Quand, sur une accélération brutale, la *Porsche* a chassé les gravillons du chemin, j'ai cru m'évanouir. Puis j'ai aperçu Antoine et Lucas sur le pas de la porte.

— Ouf, enfin je suis libérée, ai-je dit.

— Il suffit de voir ta tête, a maugrée Antoine.

Je me suis ruée sur le miroir aux coquillages. O.K. C'était pas super. C'était même franchement dégueu. Je n'avais plus de joues, plus de visage, juste un triangle pâlot flanqué de deux flaques vertes, qui contemplaient un autre triangle et deux autres flaques vertes, là-bas, de l'autre côté du miroir.

— T'es peut-être douée pour l'amour, mais sûrement pas pour le bonheur, a renchéri Antoine.

Je me suis tournée vers Lucas. Ses yeux disaient à peu près la même chose... professeur.

Antoine

22 juillet

J'ai rencontré son mec. Il m'a regardé peindre.

— Les couleurs vous ressemblent. Une peinture d'aveugle.

Mon manque de réaction ne l'a pas démonté. Il est resté derrière moi,immobile, ruminant je ne sais quels souvenirs.

— On peut boire un verre ensemble ?

Je l'ai suivi. C'était hier, à Arromanche.

— Comment va-t-elle ?

J'ai répondu qu'elle allait, que Lucas et moi étions là pour ça, qu'elle dormait des après-midi entières dans les fleurs, qu'elle était l'une d'elles, la plus frêle, la plus délicate de toutes.

— J'aimerais seulement qu'elle ait besoin de moi, a-t-il dit en plantant son regard dans le mien.

Il paraissait sincère, dépouillé de cette arrogance qui chaque fois me donne envie de lui taper dessus, et j'ai commencé à le trouver moins antipathique, lui, le bourgeois, dans sa panoplie de bourgeois, *Rolex*, *Lacoste* et Cie.

— C'est drôle, ai-je ricané, vous paraissiez si sûr de vous. (Comme si ma réponse le gênait, il l'a balayé du plat de la main). Étrange, qu'elle ait réussie à vous détruire.

— Cela se voit donc ?

J'ai fait semblant de réfléchir.

— En fait, vous n'êtes pas un lâche... juste un mec qui s'est cru irrésistible et qui vient de se ramasser une gamelle. (Adossé à la moleskine, il attendait la suite. J'ai pris mon élan). À mon avis, vous n'êtes rien en dehors du hasard qui passe. Le premier hasard qui lui ait tendu la main. Ensuite, elle s'est servie de vous pour libérer son angoisse, pour meubler sa solitude, pour s'offrir des vacances, sans doute aussi parce que vous avez presque l'âge de son père. Vous me suivez ?

Je mentais effrontément. Je mentais pour rompre les ponts entre eux et parce que je la voulais pour moi seul. Avec une délectation morbide, je me grisais de mensonges et son air de cocker malheureux commençait à me plaire. Alors je me suis dit : « Tu es sur la bonne voie vieux, continue à raconter n'importe quoi, il est incapable de juger, incapable de pas avoir toujours raison. Destabilise-le, le temps qu'il réagisse tu auras une longueur d'avance. Va-y ! met la gomme, enfin c'est toi qui a le beau rôle, et ce rôle, il va falloir le conserver et t'en servir jusqu'au bout ».

J'ai fait une pause. On a commandé une bière, puis une autre, et encore une autre. Ensuite, il y a eu tout un tas autour de nous, serrées comme un jeu de quilles avant la bataille. Une sombre défiance au fond du regard, il m'écoutait. Loin de me freiner, cette défiance a bigrement accentué mon délire. Avec une jubilation sauvage, j'ai repris mon numéro de justicier.

— Je sais, elle possède tant de charme, tant de mystères et de défauts ! Enfin tout pour plaire... Mais attention, nous frôlons le drame Freudien et le pire reste à venir. De ce côté il y a comme un manque chez elle, une frustration si vous préférez. Croyez-moi, Frantz, oubliez-la, retournez à Strasbourg

Là, j'ai eu conscience d'en rajouter. Mais j'étais las des seconds rôles, et ivre je commençais à l'être sérieusement. Il s'est levé le premier.

— Maintenant il faut vous taire.

Et il a marché droit vers la porte en m'écartant de son regard.

— Mettez tout ceci sur ma note, a-t-il lancé au barman.

Comment aurais-je pu répliquer ? Prouver mon indépendance ou ma bonne foi ? Conneries ! J'avais même pas un liard en poche...

Frantz

22 juillet

De cette rencontre, j'ai retenu mon prénom dans la bouche d'Antoine, ce privilège de l'avoir quelque part atteint.

Ils sont étranges ces jeunes gens, absolus et si vulnérables, agitant leur ciboire et vous crachant à la gueule.

— Savez-vous seulement ce qu'elle a vécu dans cet asile ? Non, mais le savez-vous ? J'avais douze ans quand je l'ai connue. Elle en avait huit. Ma mère venait d'être nommée au *Cap* pour diriger l'école. Nous habitions la maison voisine de la sienne, enfin disons la moins éloignée, une ancienne filature depuis transformée en syndicat d'initiative. Je me souviens de notre première rencontre. Elle jouait la reine des primevères dans une pièce que l'école avait montée. On ne voyait qu'elle... bellisima... si délicate... si frêle ! Quand ils l'ont enfermée, son père a disparu.

— Pourquoi a-t-il disparu ? ai-je demandé.

— Je l'ignore. Sans doute ne saura-t-on jamais ce qui s'est passé dans leur maison cette nuit-là, sinon qu'elle a survécu au massacre, et qu'on l'a foutue chez les dingues ! Les dingues ! J'allais la voir chaque dimanche. Je me rappelle ces couloirs interminables, ces rebuts qui rampaient sur le sol, ces portes fermées à clef, et tout au fond une grande salle commune, une sorte de volière remplie de cinglés ! Elle ne se mêlait jamais à eux. Elle refusait qu'on l'approche. Moi, je lui disais que je l'aimais, je lui parlais du *Cap*, des bruyères roses, de la mer, du soleil, des dunes et des oiseaux. Je lui parlais beaucoup des oiseaux. Je lui racontais qu'elle allait guérir, qu'il lui fallait juste dire quelques mots, tout au moins essayer, et alors elle serait libre, ils la laisseraient partir. Elle me fixait d'un étrange regard, sombre et vide... oui, sombre et vide. Jamais je n'oublierai ce regard.

— Vous l'avez toujours aimé, n'est-ce pas ?

— J'aurais partagé sa folie. D'ailleurs, ne vous en déplaise, je l'ai partagé puisque nous avons fait l'amour.

— Non, là je ne vous crois pas.

— Que vous le croyez ou non, je m'en balade ! Si je vous disais qu'il y a deux ans, elle est venue rue des *Cap-Horniers*... Sa sœur, cette garce, avait verrouillé la porte pour l'empêcher d'entrer chez elle. Elle est restée des heures dans le jardin, assise sur un banc de pierre à attendre le bon vouloir de cette allumée. Il est heureux qu'elle se soit souvenue de moi. Je n'ose imaginer ce qu'il serait advenu d'elle sinon, seule à dériver dans la nuit, sans un endroit pour dormir... Je la revois encore sur le pas de la porte, attifée d'une robe de velours bleu à col de dentelle et d'un chapeau en paille, défoncé. Sur le chapeau, il y avait des cerises, enfin des cerises à chapeau. Elle était si... innocente... si... obsédante, avec son petit chapeau à cerises et puis ses galoches. Dieu seul sait où elle avait déniché ces galoches trop grandes pour elle... Je ne voulais pas. Depuis, je n'ai plus touché à une autre femme.

Là, j'ai dû refaire surface et m'arrêter de boire. Pauvre Antoine ! Que n'inventerait-il pas pour que je disparaisse.... Quand même, imaginer une telle histoire !

Sarah

23 juillet

J'ai passé cinq nuits chez Lucas, professeur. J'arrête pas de dormir. Je suis vannée. Il me fait un drôle d'effet Lucas. Il observe sans en avoir l'air. Il caresse le chien. Il parle aux fleurs. Il fait une cuisine bourrée d'épices. Il peint en écoutant *Horowitz*. Il me dit, l'air impassible.

— Il faut que tu manges. Tu es trop maigre.

Je prends un air d'enfant martyr :

— Please, ne commence pas comme Frantz.

Et il répond :

— Donc, nous sommes deux à te vouloir du bien.

... Frantz... J'arrête pas de penser à lui, de me sentir mal en pensant à lui. Parfois la nuit je crie son nom, dans ma poitrine qui éclate, et dans mes draps chiffonnés je serre mon corps contre le sien absent.

— Tu penses que c'est purement sexuel, Mélo ?

Le chien a un jappement plaintif, s'en va chercher un câlin entre les jambes de Lucas.

— Tu t'en fous hein le chien. Normal, tu ne l'as jamais aimé.

— Et toi ?

Sur le pas de la porte Antoine titube. C'est la première fois qu'il joue les bateaux ivres. Décidément, les hommes, c'est surprise et compagnie.

— Eh bien ! s'esclaffe Lucas dans sa barbe de pirate.

Moi, j'aimerais seulement qu'Antoine redise : « Et toi ? » pour le besoin, l'unique et impérieux besoin de parler... parler de Frantz, d'expliquer ce sentiment de manque, de désolation, qui lentement, inexorablement s'est installé à mon insu... a envahi et ma tête et mon corps.

— Je propose que nous allions en boîte ce soir, avance Lucas qui déteste les boîtes.

— T'appelles ça changer d'air ? rétorque Antoine qui entre temps a failli s'écrouler sur les tomettes.

— Oui, dis-je. L'idée me plait. Ce soir on part en valse, on...

— Par la suite on verra, réplique Lucas, toujours imperturbable.

J'entoure ses épaules de mes bras nus. Sur la veine bleue qui au bas de son cou tressaute je l'embrasse. « Aux Beaux-Arts on l'appelait *Le Condor*... On a même fini par oublier son vrai nom. Ça n'a pas été facile de devenir son ami... et puis il y a eu ce voyage en Espagne ». Je sais Antoine, je sais, tu me l'as assez raconté ce voyage, et la pute vérolée de Tolède, et ce quartier chaud de Barcelone où vous vous êtes bagarré, et encore la jeune fille à l'*Aston Martin*... La jeune fille en bleu à qui vous ferez l'amour dans le vétuste château de son père, sous l'œil luisant de quatre Malinois dressés... Lucas-Le Condor qui fermement dénoue mes bras, alors que son corps le trahit.

— Ne me désaime pas Lucas. Ne me désaime pas.

Troublé, il hésite, puis, avec raffinement, il porte mes mains à ses lèvres.

— Vivement ce soir qu'on rigole, fulmine Antoine, qui lentement se dégrise.

***

Ils ont choisi ma tenue de fêtarde. Un saroual fushia et des ballerines dorées. À tour de rôle, ils m'ont tressé les cheveux en longues nattes dansantes alternées de perles noires. Ils m'ont blushé les pommettes, dessiné les lèvres au pinceau, ourlé les yeux à l'orientale. Je suis devenue leur œuvre, fignolée par leurs mains d'artistes et l'on est monté dans la *Coccinelle.*

Le premier night était nul. Dans le deuxième, la sono gueulait si fort qu'on s'est arraché à toute vitesse. Le troisième ressemblait à une comète lunaire plantée au milieu d'une prairie.

— Mais où donc sont les beaux jeunes gens des magazines, les filles superbes effeuillées sur papier glacé ? J'interroge, candide.

— Planqués chez des vieux bourrés de fric ou sur

d'imprenables navires à jouer les sirènes tarifiées ou autres esclaves de luxe, persifle Antoine.

Bref, on s'est quand même déchaîné sur la piste. Le punch créole me donnait des ailes, il me donnait une âme d'allumeuse, prête à tous les faire flamber, quand, sur un tabouret face au bar, j'ai cru reconnaître Frantz Meyer. Je l'ai en fait reconnu...qui riait, entouré d'un groupe d'hommes et de femmes, un verre de scotch à la main.

Pareil à un zombi, j'ai rejoint notre banquette.

— Déjà fatiguée ? a demandé Antoine.

Mais Lucas savait. Il a dit.

— Tu veux qu'on rentre ?

— T'es fou ! Je m'amuse comme une folle !

Le disc-jockey s'est alors fendu d'un slow. Parait qu'il en passe trois dans une soirée, pas davantage. Or voilà qu'au moment où la douleur me poignardait, cet halluciné en démarrait un à périr d'amour. J'ai vu Frantz Meyer s'avancer sur la piste. Je l'ai vu enlacer une grande blonde au corps d'amazone, sa main à plat sur son dos nu.

— Fais-moi danser, ai-je exigé d'Antoine, ravi. Serre-moi plus fort.

— Que t'arrive-t-il ? Pourquoi trembles-tu ?

— Plus fort j'te dis !

À un moment, un couple a quitté la piste, puis un autre, et encore un autre, et plus rien n'a existé sauf la main de Frantz sur le dos de la fille. Sa main forte et hâlée sur une autre peau que la mienne, j'aurais voulu la trancher à la hache.

— Je me sens merdique, ai-je dit à Antoine. Un peu d'air me fera du bien.

Il a voulu m'accompagner.

— Non, je préfère être seule.

Et secouée de houle, j'ai foncé sur la porte au judas. Dans mon dos, j'ai entendu la voix du videur.

— Ça va pas fillette ? T'as besoin d'aide ?

J'ai ôté mes ballerines, dénoué ma ceinture pour courir dans les champs. J'avais envie de mourir. L'amour m'a toujours fait mal. Je ne sais pas vivre l'amour, lui trouver des rondeurs sucrées. Ce satané me ronge. Il me joue des tours pendables. À trop le méconnaître, il en profite et me fustige. Je vomis la main de Frantz Meyer sur le dos-amazonie. Sans blague, d'un coup de hache, je l'aurais tranchée.

La lune éclairait les champs de blé, la comète pathétique. Les bras en croix, allongée dans l'herbe fraîche, j'étais la petite fiancée du Christ, aussi incomprise que lui, sacrifiée sur un autel de misère.

Combien de temps suis-je restée ainsi ? À fixer le ciel, les étoiles frimeuses et la lune repue ? Combien de temps pour les voir s'effacer... même en écarquillant les yeux ?

Je ne l'avais pas entendu venir.

— Frantz !

Il m'étreignait, me serrait contre lui. Il collait ses lèvres sur les miennes. Il psalmodiait.

— Oh Sarah ! Sarah ! Tu es ma moitié de vie. Sans toi j'ai le sentiment de pédaler dans le vide.

... Au loin, les phares des voitures trouaient la nuit. Les néons de la comète clignotaient dans le brouillard. On sanglotait tous les deux.

Frantz

26 juillet

À peine venais-je de m'endormir, quand le téléphone a sonné.

— Parait que tu te bagarres dans les cocktails maintenant, que tu joues les ombrageux pour les beaux yeux d'une belle ! Je te signale que tout Strasbourg en parle. Quant à Chloé, imagine les questions qu'elle se pose.

— Eh bien, elle n'aura plus à le faire. J'ai décidé de tout lui dire. ai-je répondu furax, à mon ami Max Drenner, qui, pas démonté du tout, à l'autre bout du fil poursuit.

— Tu es en train de faire des conneries vieux... pour une gamine en plus. Allez rentre, oublie tout ça.

L'oublier ELLE ! mais il délire ce mec. (tiens, je me mets à parler comme Sarah), oublier une fille qui me fait tellement souffrir, tellement bander, une fille au cou de cygne, à la peau de satin, une enfant de Marie travestie en diablesse. Comment pourrais-je l'oublier ?

— Impossible. Et puis elle a besoin de moi.

— Besoin !

Je l'entends ricaner.

— Rien de tout ceci ne te ressemble, laisse tomber.

silence.

— On l'a dit fêlée !

J'ai raccroché, en proie à une rage noire. Fêlée ! ELLE, mon odalisque, ma chair d'ambre dont chaque millimètre de peau me trouble, me chavire.

— On ne va plus se quitter petite fille. Je t'aime.

Cette angoisse dans son regard quand elle dit.

— Mais je ne suis pas sûre...

Je réponds :

— Si.

Elle ajoute :

— D'être prête.

Avec la même conviction, je répète :

— Si.

Alors elle demande :

— Qu'est-ce que ça veut dire ?

— J'ai décidé qu'on serait heureux.

Elle pose sa tête sur mes genoux. Ses cheveux sont si longs. Ils sont si beaux, si noirs, si lisses.... « des cheveux d'asiate lui dis-je, mais ce n'est pas tout. Comme elles tu as les pommettes hautes et les yeux en amande ». Elle répond qu'autrefois les Mongoles ont envahi son pays, qu'elle est une fille de Mongole. Elle sourit, puis songeuse ajoute.

— Là-bas ils veulent que tu rentres ?

— Là-bas je m'en fous !

— Mais ton fils... Il ne faut pas faire souffrir les enfants, Frantz.

Confiant je répète :

— Tout ira bien si tu m'aimes.

Un peu de rose monte à ses joues. Elle se redresse, presque gaie.

— On ne s'est pas querellé depuis dix jours.

Je ris.

— Tu les comptes ?

Elle répond.

— J'ai retenu.

Je dis, la tête remplie d'étreintes, de voyages, de folies.

— Cet automne je t'emmène à New York. Tu ne seras plus jamais seule. Tu n'auras plus peur du noir, ni même des ascenseurs.

— New York !

Elle a poussé un cri, comme un couinement de chaton.

— Oh Frantz !

Et de l'avoir tout contre moi, avec des yeux à remercier un homme d'être seulement un homme, allègrement je balaie tout mon passé, mieux, avec une délectation morbide j'imagine Chloé sous les roues d'un de ces quinze tonnes qui dès six heures du matin déferlent au bas de l'avenue. Pauvre Chloé, décapitée dans ma mémoire. Je suis immonde et enfin heureux.

***

Cet après-midi avec mon amour, nous avons gardé la chambre. Pauvre Max Drenner ! La quitter ! T'es dingue ou quoi ? Je vais nous construire une maison face à la mer, celle-ci ou une autre, ou en pleine campagne, avec de larges baies vitrées, des cheminées en pierres brunes, un jardin exotique... lui dessiner des chambres roses, remplir sa jolie tête de bleus papillons... lui faire un enfant, plus tard, un de ces jours... peut-être.

Lucas

29 juillet

Cet été 97 sera celui de toutes les surprises. D'abord Antoine qui débarque. On ne s'était pas vu depuis cinq ans... depuis l'Espagne, la pute de Tolède, la jeune fille aux molosses... la délicate jeune fille en bleue, pourrie jusqu'à la moelle. Et maintenant, ELLE, Sarah, cette gamine de rêve à vous crever le cœur d'un seul regard.

Ce matin à Trouville, je l'ai vu entrer à la pâtisserie *Choisnel*, et sortir avec une glace à la pistache. Je l'ai suivie le long du boulevard jusqu'à la librairie du casino, qu'elle a quitté, des magazines plein les bras. Au *bar de La Marine*, elle s'est assise à la terrasse pour boire une grenadine ou quelque chose d'approchant, vu la couleur. Elle portait un de ces shorts hideux telle qu'autrefois était affublée l'armée anglaise aux Indes, et un triangle blanc lui couvrait à peine les seins. Sur sa tête, jeté en arrière, un casque colonial et dans ses pieds des spartiates de romaine.

Malgré ses oripeaux, elle était belle... avec ce quelque chose d'inachevé dans la démarche, et ses joues brunies. J'ai failli l'appeler, lui dire la porte toujours ouverte, d'autres fleurs écloses, m'enquérir du chien... Mais la *Porsche* a surgi rue *Notre Dame*, pile, a stoppé devant elle. Avec Meyer, ils ont quitté Trouville.

— Tu crois qu'elle reviendra ? grommelle Antoine à qui j'ai caché cette rencontre. Peux-tu me dire ce qu'elle fera une fois l'été fini ?

— Elle est libre, libre de choisir.

— Justement, fulmine-t-il. Tout le mal vient de cette foutue liberté dont elle ne sait que faire, qu'elle gaspille avec le premier venu, sous prétexte qu'il a du fric, une *Porsche*, et je ne sais quoi de plus con encore.

Et il s'emporte, sachant que le problème est ailleurs, que nous n'y pouvons rien, sinon être spectateurs d'un destin dont seule elle détient les clefs.

— Dis quelque chose à la fin !

Je réponds qu'on était bien ensemble. Je parle d'état de grâce, du chien, de la musique.

Il hausse les épaules.

— Ce clébard !(puis encore) Ce type n'est pas pour elle ! Jamais elle n'appartiendra au monde pourri des adultes. Jamais aucun système ne pourra la changer... C'est un être fragile, exceptionnel...

— Et troublant, j'ajoute.

— Oui, troublant, dit-il, frappé de cette confidence inattendue.

Plus tard, je me suis interrogé sur ce garçon si beau, ouvert aux plus noires blessures, mais étranger à la simplicité.

— Ta vie ne sera jamais assez longue, assez sulfureuse Antoine pour qu'enfin tu t'estimes en paix. Tu ne retiens de l'amour que ce qui te fait souffrir. En fait, tu n'es attaché qu'à la souffrance.

— La souffrance... Mais bon Dieu, la souffrance, a-t-il dit, comment connaître l'amour, aimer d'amour, sans la souffrance ?

Sarah

30 juillet

Professeur ! j'ai besoin de vous... besoin de mes pilules roses, les précieuses que je gardais au fond de mon sac et qu'ensuite j'ai jeté. Que je me calme ? Mais comment ? Vous êtes si loin. Que je prenne sur moi ? Que je me conduise en battante comme je vous l'ai promis ? Oubliez tout ça ! Je ne suis plus sûre de rien à présent.

De quoi je parle ? De qui ? de Zoé professeur, elle est venue, elle a brandit la lettre, me l'a brandit sous le nez en rigolant ! LA LETTRE, celle que j'attends depuis toujours, que j'ai espérée toutes ces années, celle qui m'aurait fait guérir plutôt ! m'aurait aidée à comprendre. LA LETTRE. SA LETTRE à LUI, décachetée par la salope, presque jetée à la figure !

— Tu l'as lue, tu l'as lue !

De rage, Je l'ai agrippée par son ignoble pull avachi, je l'ai secouée, et giflée, giflée encore, sans qu'un seul son ne sorte de ses lèvres serrées. Devant tant de violence, Frantz est intervenu.

— Qu'y a-t-il ?

— Reste en dehors de ça, lui ai-je dit, reste en dehors de ça ou tu ne me vois plus !

Au bord de la crise de nerf, j'ai sauté la barrière du jardin.

... Dehors, la mer charriait sa grisaille au bout de ses écumes. J'ai dépassé en trombe les cabines bigotes, les maisons au garde à vous. J'ai couru le long de la plage où sur le sable je me suis écroulée. « *Ma petite fille, mon amour. Je sais qu'ils t'ont laissé sortir et je t'aime. Ma petite fille devenue grande, pardon, pour ce poids que seule tu as porté, mais je viens, j'arrive, prépare-toi, je t'emmène. Cette fois enfin nous allons être heureux. Je t'attendrai dans la maison que Blaize t'a léguée. Ton père. Charly* ».

Blaize... Il y a belle lurette qu'il avait déserté sa maison ! Belle lurette qu'on l'y avait contraint ! Que n'avait-elle été grande plus tôt, et libre, elle eut interdit qu'on touche à Blaize, qu'on l'entraîne dans l'un de ces lieux maudits où de pauvres vieillards attendent la mort sous surveillance. Lui, ce qu'il voulait, c'était la mer pour ultimes épousailles, et la mer, vrai de tonnerre de Dieu, elle voulait bien de sa présence. La preuve, inlassablement elle l'avait appelé, du bout de ses écumes, de ses vagues déferlantes, de sa marée à 140, appelé, sans cesse appelé, avec des vents de force dix pour écho... Devant tant de constance, il avait trouvé la force de pousser les grilles de sa prison, de revêtir son habit de capitaine à galons dorés, la force de ramer plus loin que les dernières balises pour s'en aller visiter les jardins de la mer, de loin les plus beaux.

Ma lettre cadeau du ciel, je l'ai lue et relue. Ma lettre cadeau d'amour je l'ai même expliquée au chien *Mélomane* qui m'avait suivie. La mer avait changée de couleur. Elle était mauve comme le ciel, comme la bruyère du *Cap*, mauve comme les fleurs du jardin de Blaize et j'étais l'affranchie enfin admise au jardin d'*Eden*.

Cette nuit-là, je n'ai pas connu le repos. La peur, la joie... une certaine appréhension m'ont laissé au seuil du désir... au seuil du plaisir, et le jour s'est levé.

— J'peux prendre l'Austin de la légitime ? ai-je demandé à l'architecte.

— C'est comme ça que tu l'appelles ?

— C'est juste une histoire de classement dans ma tête, ai-je répondu.

Ma vie désormais se jouera entre les lignes, professeur. Dois-je me réjouir de l'idée que je m'en fais, où craindre ce qui m'attend ? Je l'ignore, vous aussi vous l'ignorez professeur.C'est pourquoi, les petites pilules roses... les *ré-équilibrantes* pilules roses que ma trop grande confiance en l'avenir m'ont fait jeter, il me les faut aujourd'hui. Entendez-moi. Ne me décevez pas. Je vous laisse mon adresse chez Blaize. Les pilules roses, je vous en prie... même si je ne les prends pas.

Zoé

31 juillet

Miss Sainte Nitouche est enfin partie rejoindre le salaud qui jamais n'a su se conduire en père. Dans son besoin dément de partager avec lui je ne sais quel nauséeux secret, elle a laissé l'inconsolable Meyer qui à l'étage tourne en rond. Quand enfin, à la manière d'un pachyderme désabusé il descend, c'est pour me lancer, glacial.

— Je pars demain pour Strasbourg. Vous comprendrez que je souhaite fermer la maison.

— Eh bien ce soir je vous invite.

— Tiens donc. Et en l'honneur de quoi ?

Un verre ou deux et je lui parlais de mon désir... de le toucher, qu'il me pénètre. Désir d'amour même sans amour, juste pour l'emmerder, ELLE, la douce chérie, l'icône parfaite, l'enfant foldingue dont il est raide. Mais dans un vrombissement de moteur, il disparaît, et je reste seule, à fouiner dans ses tiroirs, à humer ses draps, en caleçon de soie pêche qu'impunément je lui dérobe.

***

À Deauville, la demeure du père Boussac tombe en ruine. Sur la plage, une dizaine de pelés gelottent... mais passant par Honfleur, qui vois-je ? Antoine ! Entouré d'une nuée de filles, il peint des maisons enlacées.

Sacré Antoine ! c'est donc ici qu'il était ! Incapable de se passer d'elle, fou de douleur de la savoir dans les bras d'un autre !

Pressée de lui annoncer la nouvelle, j'ai laissé ma voiture sur un bout de quai interdit. Consciente de lui lacérer le cœur, je jubilais en posant ma main sur son épaule.

— Elle est partie !

Il a mis du temps avant de comprendre.

— Partie, mais ou ?

— Une lettre du maudit est arrivée. Elle a filé le rejoindre.

— Parce que ce salaud a enfin donné signe de vie ?

— Oui, ce salaud ! je répète. Ce salaud !

Nous sommes au moins deux à le haïr, lui, l'ignoble corrupteur qui toujours m'a abreuvée de son mépris, le lâche, disparu sans la moindre explication par crainte d'une trop lourde addition à payer. Pour une fois, (et j'en frétille) j'me taperai bien un scotch, du Gin, de la vodka, un tord boyau qui déménage.

— Eh Antoine, on s'en jette un. C'est moi qui arrose.

Mais assailli par ses naïades, de pauvres folles qu'un chevalet et trois pinceaux électrisent, il m'a déjà tourné le dos. Et je reste seule, face à ce dos tourné, à ces regards qui m'ignorent.

Mais que savent-ils de moi ces cons ? Ces petits frimeurs de merde ? Que savent-ils de ma rage, des turpitudes dont je suis capable, de mes extravagances ? Connaissent-ils seulement l'intérêt tout particulier que me porte Ladislas Niroulayoff, le prof de philo du lycée Jean Paul Sartre ?

— Je pars pour la Normandie.

— Eh bien bon voyage.

— Séduire un homme !

Il a ri. Pauvre âne. Trop bruyamment surtout, dont l'unique fantaisie consiste à m'écarter les cuisses sur une couverture en loup de Mongolie, cadeau de sa défunte mère, puis, rituellement de déboucher une bouteille de *Mumm*, de la faire couler entre mes jambes ouvertes pour en récolter jusqu'à la dernière goutte.

Je n'ai jamais connu l'amour. Ni de lui, ni de personne. Jamais on ne m'a fait l'amour, pas même ce Bertrand de terminale, qui en position humiliante m'a laissée trois heures en plein hiver dans sa 2 CV sans autre explication qu'un miteux : « Vaut mieux pas ».

... Soigneusement, j'ai épilé mes jambes et mes aisselles et badigeonné mes lèvres au gloss translucide. Trop fines mes lèvres ? Et alors ? les faire gonfler pour ressembler à un babouin, tels ces cageots qui se prétendent star ? Ces fashion victims de la destroy branchitude ? Que nenni ! Le blanc *Chanel*... c'est pas vraiment mon truc...Mais la vendeuse a tellement insisté. Faute à cette tige, j'ai l'air d'un clown anémique. Aïe ! Les baleines de mon bustier m'arrachent la peau, et le corsaire qu'ils m'ont filé me serre à l'entrejambe. C'est qu'il faut être anorexique pour entrer dans leurs fringues chicos ! Restent, et je m'en réjouis, les chaussures de mère morte, leurs talons à vertige plus un joli nœud de strass sur le devant. « *Tu as quelque chose d'un batracien* », disait le maudit. *Quant à la grâce...* », oublions son héritage bancal. Le seul qu'il ait daigné me transmettre. J'arrête pas de consulter ma montre, de compter les minutes, voire les secondes, j'arrête pas...

Un crissement de pneus, un claquement de portière, des pas qui se rapprochent. Rivée à mon fauteuil, la gorge sèche et le corps en feu, j'observe, les cils baissés, l'homme qui sur le pas de la porte hésite, puis s'esclaffe.

— Pour qui ce déguisement ? Où comptez-vous donc aller ?

J'ai dû fixer mes mains pour ne pas hurler.

— Décidez vous-même, ai-je répondu.

***

Je n'existe pas pour lui. Dans sa belle voiture, ou plus tard dans ce restaurant du port où il a daigné me suivre, je n'existe pas pour Franz Meyer.

À le voir au supplice, traînaillant comme par erreur une ribaude, j'aurais pu craquer, me lever, lui tirer ma révérence. « *Salut mec va t'faire foutre. Va t'branler, va...* ». Mais son air meurtri me fascine... et ses lèvres lasses, et ses doigts... ses longs doigts qui l'ont caressé, elle, la folle, la déjantée, la... QUE JE HAIS PAR-DESSUS TOUT !

Alors je le regarde manger, je le regarde boire, et malgré son attitude, sa déplorable attitude de rejet, je savoure chaque minute de sa présence.

— Puis-je avoir du vin ?

— Tiens donc. Le temps des tisanes serait révolu ? En ce cas espérons que l'alcool vous rende plus humaine.

Il est clair que cet homme, je l'insupporte, qu'il refuse jusqu'au doigt que je lui tends. Je ne lui ai pourtant rien fait. Juste dit la vérité.

— Qu'est-ce qui vous plait en elle ? Ai-je alors ironisé. Le fait quelle vous fasse souffrir où qu'elle soit dingue ? En dehors de son air à vous donner mauvaise conscience, hein, que savez-vous d'elle ?

J'ai ricané — douloureusement — terminé mon verre, m'en suis servi un autre. Autour de nous les gens écoutaient. Certains se marraient en douce.

— Pauvre naïf ! Quand finirez-vous donc par comprendre ? Elle porte la destruction en elle. Elle l'a toujours portée ! Ne me dites pas que ça vous excite. (J'ai tenté de me calmer) Je parie qu'elle s'est tue pour épargner le maudit. Il voulait fuir avec elle ! Il ne l'a jamais regardée avec des yeux de père et la mère le savait.

Si je vous disais qu'elle attendait le petit frère quand elle les a surpris dans la cabane du jardinier ? Et devinez ce qu'ils faisaient dans la cabane du jardinier...(Je n'en pouvais plus. J'ai fait une pause. Un peu bavé sur la nappe blanche).

— Si vous avez fini, j'aimerais partir.

C'était un ordre. Il s'est levé le premier. J'ai dû le suivre... Et le turbotin a fini dans nos assiettes.

Au-dehors, je me suis agrippée à sa veste.

— Pourquoi me haïssez-vous ? Il ne faut pas me haïr, Frantz. Parce que moi aussi, si vous vouliez, là, tout de suite, ou ailleurs !

— Foutez le camp ! a-t-il clamé avec répulsion.

J'ignore ce qui m'a pris. Sans doute l'envie qu'il me touche, me gifle, me brutalise, qu'il me touche seulement. Mais il m'a écarté de son regard. Alors le venin m'est monté à la gorge, m'a ouvert les entrailles.

— Pauvre idiot ! Maintenant qu'elle a filée le rejoindre, jamais plus elle ne vous reviendra.

Et tandis que la voiture s'éloignait, la rage au cœur, j'ai marché dans la nuit avant de m'écrouler sur une plage, où fixant le ciel et maudissant Dieu, je me suis caressée, longtemps et encore sous la pluie qui s'était mise à tomber... en rêvant que c'était lui, l'irréductible Meyer qui me caressait, me pénétrait, m'aimait...

Frantz

1er août

Tout ce fiel. Ce pitoyable spectacle d'une hystérique, et ELLE, Sarah, partie en conquérante pour Cithère.

Sans problème j'ai retrouvé la maison de Lucas. Dans ma hâte j'ai dû décapiter quelques fleurs. Sur la nuit, la porte était ouverte. Les pieds croisés dans l'âtre éteint, il fumait en compagnie d'Antoine. Ma présence n'a paru ni les surprendre ni les gêner. Tout au plus ont-ils laissés passer un temps avant que Lucas ne se lève, me tende un siège, et dise avec ce détachement qui le caractérise.

— Vous prendrez bien un verre de rhum avec nous.

J'ai bu le rhum. Ses pépites ambrées m'ont réchauffé la poitrine.

— Je viens de chasser Zoé.

Dans son coin, Antoine a rigolé. Lucas attendait la suite.

— Elle m'a raconté de telles horreurs sur Sarah.

— S'il suffit de ce genre de femelle pour vous ébranler ! a riposté Antoine en se servant un autre verre.

— Je suis venu... parce qu'elle vous aime, tous les deux, que je respecte et approuve ce choix et que...

— Que vous a donc raconté cette toquée, a fulminé Antoine que ces atermoiements agaçaient.

Alors j'ai raconté. Un peu réticent au départ, honteux aussi de certains doutes obscurs, enfin dans l'espoir de partager avec eux ce qui m'échappait. C'est Lucas qui a répondu.

— Il faut lui garder votre confiance, Frantz. C'est l'objet de sa quête depuis toujours, et pour le reste, vous tirez un trait.

J'ai failli lui demander comment il savait tout ça, alors qu'il la connaissait à peine, mais je n'ai rien dit, et il m'a servi un autre verre.

— Antoine, croyez-vous qu'entre son père et elle...

Il m'a interrompu.

— Ça changerait quoi d'après vous ? Sarah est l'être le plus pur qui existe, le plus fatal aussi. Vous la frôlez d'une épine et elle s'écroule, touchée au cœur. Votre chance ou votre malchance de l'avoir connue est inouïe Frantz. Lucas et moi, nous aurions tout donné pour être à votre place, mais c'est vous qu'elle a choisi, curieusement d'ailleurs, car je persiste à croire qu'elle ne vous était pas destinée. Enfin, c'est quand même vous qu'elle a choisi.

Malgré la porte ouverte, on étouffait. Pas la moindre brise pour nous apporter un souffle d'air, mais le leitmotiv sans fin de la mer, des vagues, du ressac. Sarah m'avait longuement parlé de la demeure de Lucas, du charme particulier qu'elle lui trouvait. Sans doute mon émotion était-elle trop violente ce soir-là pour que je puisse en juger.

— Ce qu'elle recherche dans l'amour, a poursuivi Antoine, toujours aussi catégorique, c'est une identité. Aujourd'hui encore j'avoue détester votre exaspérant côté frime : « J'roule en *Porsche*, matez-moi ». Mais qu'y puis-je ? Indubitablement elle a besoin de vous.

« Besoin de vous ! ». Je ne retenais que ces mots. « Besoin de vous... ». Ces mots et leur pouvoir hypnotique. C'était le plus fabuleux cadeau qu'il puisse me faire, un cadeau inestimable pour un garçon aussi orgueilleux... Elle a besoin de vous... Je crois avoir pleuré, la tête sur la table de bois blanc, pleuré entre les verres vides et le cendrier plein à ras bord. Ces jeunes gens comme soudain je les aimais, comme je les aime sans les comprendre.

— Si vous souhaitez rester dormir... a délicatement suggéré Lucas.

— Non. Je vais rentrer.

— Vous dormiriez dans sa chambre.

— Merci, merci, une autre fois peut-être.

J'avais enfin trouvé auprès d'eux la réponse que j'attendais, et malgré la preuve éclatante de leur générosité, je voulais être seul pour la savourer pleinement.

Sur la mer, dans les pommiers, c'était le matin. Une fraîcheur vive m'a frappée au visage. Un long moment, je suis resté debout, contre le capot de la voiture, à humer les parfums ambulants, à regarder les chevaux courir sur la plage, à entendre le rire des cavaliers. Plus tard, je me suis souvenu du chien resté chez Lucas. Dès mon arrivée, il avait subrepticement disparu, et par la suite n'avait pas cherché à me suivre. Il avait choisi Lucas, comme moi j'avais choisi Sarah, sans remords, sans hésitation. Rien ne devait être ajouté à cela. Rien. Sinon que c'était bien, tout à fait bien ainsi.

Chloé

2 août

Il est venu. Il a dit sans un regard autour de lui.

— Voilà, tu sais tout.

Puis il a griffonné un numéro de téléphone sur une feuille quadrillée et me l'a tendue.

— S'il te fallait quelque chose... me joindre par exemple.

J'ai failli hurler. Je hurlerai ce soir dans mon lit. Je hurlerai tout le temps qui me reste à vivre. À quoi bon vivre ?

— Tu vas être très malheureux, Frantz.

— Possible, mais cela ne te concerne plus.

Je sais. Jamais je n'aurais dû la traiter de garce, d'hallucinée, de pauvre folle prête à toutes les déviations pour s'aliéner définitivement un homme. Jamais je n'aurais dû lui jeter à la figure que tout cela le mènerait à sa perte, pauvre fou... et que j'allais crever comme ces chiens galeux qui ont cessé de plaire. J'aurais dû contrôler ma souffrance devant cet étranger qui jouait avec ma vie, mon équilibre, ce provocateur cynique qui sauvagement décapitait nos souvenirs pour s'en aller aimer jusqu'à déraison.

Aurais-je... N'aurais-je pas... Et puis quoi encore ? Je lui ai crié mon désespoir et mon amour, et le précipice ouvert à partir de son absence.

— Oh Frantz ! Frantz ! Tout ça est dingue. Tu n'es pas fait pour les situations bancales et tu as horreur du désordre. Je sais qu'un jour tu le regretteras.

Sa voix est tombée comme un couperet.

— J'ignore pourquoi je suis fait Chloé, comme j'ignore de quoi sera fait ma vie avec elle. Une chose est sûre, j'y mettrai le prix.

Alors je me suis déchaînée. Je me sentais tomber si vite, si obsessionnellement.

— Après tout ce que ma famille a fait pour toi !

Il a ricanné.

— Nous y sommes. Les positions acquises, les estimes bassement conquises...

Il semblait réciter un texte mûri d'avance, et j'ai compris qu'une fois de plus il retournait les cartes à son avantage après les avoir truquées pour encore plus de chance. J'ai comme perdue la raison. De toutes mes forces, je me suis agrippée à lui.

— Ne t'en va pas, ne t'en va pas Frantz ! Je ferai tout ce que tu voudras, tout ce que tu m'as demandé et que j'ai toujours refusé, mais je t'en prie... ne nous laisse pas, partons ensemble comme il était prévu... juste un mois... tu pourras réfléchir... je ne t'embêterai pas... juste un mois... s'il te plait !

Il n'a pas daigné répondre. Son regard venait de découvrir Mathias qui sur le pas de la porte nous fixait, immobile. Je me suis ruée vers mon fils.

— Ton père nous abandonne. Il baise avec une folle !

La gifle que j'ai reçue ce jour-là, si forte qu'elle m'a fait chanceler avant de tomber, inerte sur le tapis, venait d'un homme que je ne connaissais pas, un homme qui avait perdu la raison.

... QUE LA VIE ET LE BONHEUR
CE NE SOIT PAS FAIT POUR
CHEMINER ENSEMBLE ?

Félicien Marceau (Creezy)

C'était comme si le village eut pressenti le drame bien avant que Sarah n'y vînt, qu'elle n'ouvre les volets de la maison de Blaize pour y laisser entrer le jour, qu'elle n'aille au marché s'acheter des cerises ou des pommes vertes, cueillir les fleurs du jardin, sourire à ceux qui lui souriaient, toujours entre deux mondes, prétendaient certains.

Le premier jour, elle loua un bateau pour faire le tour des îles au large de la baie. Elle aimait les îles, Sarah, elle aimait la mer et le vent du large, et les bateaux quand ils tanguent et vous donnent envie de mourir par-dessus bord. Elle aimait tout ce qu'aimait son père, autrefois, quand ils étaient ensemble.

Ce bateau-là s'appelait *Le Sphinx*. Il appartenait à Arthur H. pêcheur au Guilvinec.

— C'est moi qui l'ai baptisé, dit-il à Sarah, rapport aux voyages qui trottaient dans ma tête... L'Égypte, les pyramides... Votre père m'a prêté des livres. Il était plusieurs livres à la fois !

Lovée au fond de la barcasse, le dos collé à l'un de ses flancs, Sarah approuvait en silence.

— Je l'ai bien connu. Je vous ai tous connus. Vous par exemple, toujours à le suivre quand vous étiez petite, aux pieds de couteaux, aux bigorneaux, à la pêche aux moules. Vous vous souvenez ? Quand il s'éloignait, vous restiez assise sur un tas de sable à l'attendre. Il vous appelait : « Ma petite bernique ».

— ...

— Vous n'avez guère changée. Grandie bien sûr, mais toujours aussi... Enfin ! On dirait un oisillon tombé de son nid. Et votre sœur, comment elle s'appelait déjà ?

— Zoé.

— Zoé ! c'est ça, Zoé ! Quelle teigne celle-là ! Un jour elle vous a collé des chardons dans les cheveux. Il y en avait tellement qu'on vous a presque rasée. Une autre fois, elle a poussé votre barque vers le large après avoir jeté le bouchon de vidange. On vous a trouvé du côté de *Basse-Rouge*, de l'eau jusqu'au menton... et pas une plainte avec ça. Ben, vous vous en souvenez ? Où vous n'avez toujours pas retrouvé la mémoire ?

— Comment savez-vous tout cela ?

Arthur H. eut un geste évasif. Son regard se durcit.

— On ne peut pas empêcher les gens de causer...

— Sans doute, répondit Sarah, mais moi, je ne veux me souvenir que des choses qui m'aident à vivre.

Et qu'est-ce qui motivait Sarah depuis toutes ces années, sinon l'espoir d'un avenir où toutes formes d'angoisse seraient exclues.

Cette nuit-là, elle dormit mal dans la maison de Blaize. Dans la chambre trop longtemps fermée, les draps étaient humides, et une grosse araignée noire jouait à monter et descendre le long du mur pour s'arrêter parfois. Sarah avait peur du noir, elle avait peur des araignées. Elle pensait que celle-ci la narguait, et, subodorant sa peur, se baladait sur le mur juste pour l'éprouver.

Elle dormit à peine Sarah, réveillée par les mouettes belliqueuses qui tournoyaient au-dessus de la maison... comme d'autres mouettes, autrefois, au-dessus d'une autre maison.

Quand le jour pointa enfin, que le soleil réchauffât les murs, elle se leva et ouvrit grand la fenêtre. Puis elle défit son sac et défroissa la robe bleue pliée tout au fond. C'était une robe en soie sauvage, cadeau d'une fille de l'asile que ses parents étaient venue chercher. Une fille prénommée Pauline, native de Niort où son père était rebouteux. Sarah enfila la robe, tournoya deux ou trois fois devant le miroir brouillé posé à même le sol et descendit dans le jardin pour attendre fébrile le retour de son père.

Mais il ne vint pas le deuxième jour ni même le troisième. Vint-il au milieu de la nuit ? Plus tard

Sarah décrivit dans son journal la visite de son père, mais ne la data point. Elle parla seulement des gens ailleurs endormis, de ce silence trop lourd dont le poids éteignit son sourire, et du lit de Blaize avec sa couette bouton d'or et ses oreillers en dentelle fanée. « J'ai aussitôt reconnu son pas dans l'allée. J'étais dans ses bras bien avant qu'il n'atteigne la porte », écrivit-elle, « mais étaient-ce les mêmes bras que dans mes souvenirs ? Et ses cheveux, pourquoi étaient-ils maintenant clairsemés ? Et son corps, comment avait-il pu devenir si vieux, si lourd ? ».

— Ma petite fille !

Il m'entraînait vers la maison, poussait le verrou.

— Pas le verrou ! ai-je supplié, pas le verrou !

— Voyons, que se passe-t-il ? (Il souriait bizarrement) Tu n'aimes plus ton papa ?

Il m'avait reprise dans ses bras et me serrait contre lui. Son haleine sentait l'alcool et le tabac gris, et moi, troublée par son sourire et cette odeur aux réminiscences équivoques, je me suis mise à trembler.

— Tu es devenue grande disait-il, et belle ma Sarah... Si belle. Laisse-moi te contempler.

Je me sentais mourir sous son regard, devenir une autre, consentante sans l'être, glacée d'effroi, alors qu'il ôtait sa veste, méticuleusement la posait sur le lit. Dessous, il portait une chemise blanche à rayures rouges, de larges, d'insoutenables rayures rouges, d'un rouge sang qui coulait, coulait en droites lignes, comme une rigole.... mieux... plus... toute rouge !

— La chemise ! ai-je bredouillé.

— Quoi la chemise ? Qu'est-ce qu'elle a ma chemise ?

— Autrefois... autrefois ! (Malgré moi je criais)

— Voyons ma puce, il faut te calmer. Tu es sûre d'être guérie ?

Il m'attire à lui, me renverse sur la couette bouton d'or, mes cheveux défaits sur l'oreiller de dentelle qu'il fane de ses doigts.

— Tout va reprendre comme avant, dit-il. Nous sommes enfin débarrassé d'eux. Rien que toi et moi Sarah !

Ses mains ont arraché les boutons de ma robe bleue, elles m'arrachent à la vie, à l'amour d'un autre homme. Ses mains ont arraché ma robe, et emprisonnée par elles je ne puis me débattre.

... Il pleuvait ce jour-là. Ce jour si lointain et nous étions en décembre. Le jardin n'était que rigoles, et la haie d'ajoncs, couchée par les vents, laissait voir le bateau du courrier qui desservait les îles.

Tout est parti du sapin de Noël que le père n'avait pas encore coupé. Tout partait de rien dans cette maison de haute tension pour s'enfler comme le plus impétueux des vents qui soufflait sur la lande. Je me rappelle la hache plantée dans le tas de bois sous l'escalier, de la mère descendant les marches le bébé dans les bras.

— Et vlan !

Et la cognée levée, et le rire d'ogre du père exécutant sa tâche. Et tout en haut des marches, les doigts crispés sur la rampe, Alexandre le petit frère qui, hébété, contemple ce spectacle de folie et de sang.

— Et vlan !

Et la tante Hélène alertée par les cris sortant en catastrophe de la cuisine pour aussitôt, prise de terreur, chercher refuge dans le bureau.

— Et vlan !

Et le bébé, le dernier des quatre à être vivant, le bébé aussi.

— Et vlan !

— Maman !

Terrifiée, je me suis jetée sur son ventre.

— Maman !

J'étais aussi rouge qu'un champ de coquelicots, rouge comme le soleil quand il boit la mer.

— Tu n'as rien vu Sarah, a dit le père. Rappelle-toi, tu n'as rien vu !

Il m'arrachait mes vêtements souillés, les jetait dans le feu.

— Allons, viens sur mes genoux, viens... Chut ! ne tremble pas ma petite fille. Se ne sont que des têtards, de répugnants têtards, rien à voir avec toi ma princesse. Tu es la seule à me comprendre, la seule à m'aimer vraiment. La mère était jalouse.

Sais-tu qu'elle voulait t'éloigner ? Te mettre en pension ? Une vilaine et horrible pension avec plein de vilaines et horribles petites filles pour faire du mal à ma Sarah ? Laisse-toi aller. Laisse-toi aller contre moi Sarah... Il ne faudra rien dire, hein ? Tu le promets à ton papa. Ne rien dire surtout... Je reviendrai bientôt.

Il fait nuit. Je sais qu'il fait nuit puisque la lampe à pétrole est allumée sur la table de chevet, près du lit de Blaize.

— On va partir tous les deux. Maintenant que je t'ai revue, je suis encore plus fou de toi Sarah ! Laisse-moi toucher ton joli petit corps, et tes seins, ronds comme des pommes.

La lampe est allumée. Elle découpe le visage du père et je pleure.

— Voyons, ne pleure pas dit-il... Et ton sexe, comment a évolué le sexe de ma petite Sarah ?

La lampe est toujours allumée. L'abat-jour en pâte de verre est décoré de fleurs naïves et d'oiseaux qui volent. Sur le pied en bronze, des feuilles d'acanthe dessinent une guirlande ajourée. Je ravale mon dégoût. Ses doigts s'enfoncent dans ma chair. Tout doucement je meurs... et mon ventre se déchire. Il pue toujours l'alcool et ce vulgaire tabac gris. J'ai tendu mon bras vers la lampe. Je me souviens de tout. Je ne serai plus jamais folle ou complètement. Ma main atteint la lampe, serre le pied, le soulève. Il n'a rien vu. Il continue à délirer, à transpirer, clownesque dans ses jeux interdits.

Et vlan !

Je ne suis coupable de rien monsieur le juge. La lumière déchirée irradie toute la pièce. Et vlan !.... Coupable de rien ! N'est-ce pas professeur Blanc ? La nuit est rouge, elle flamboie d'allégresse... Je ne veux pas retourner à l'asile. Je suis guérie, guérie... puisque je me souviens de tout professeur juge, monsieur Blanc...

Le bruit couru très vite du drame dans la maison de Blaize détruite par le feu. Que s'était-il passé ? Où était Sarah ?

Un marin prétendit l'avoir vu cette nuit-là, vêtue d'une couverture, courant, comme folle, sur la jetée. Il dit l'avoir vu sauter dans une barque, lancer le moteur et disparaître au-delà des balises. Arthur H. pensa qu'elle avait trouvé refuge dans l'une des îles où l'avant veille, il l'avait menée. Quand il s'était enquis de ce qu'elle trimballait dans son vieux baluchon (laissé dans les ruines du vieux Fort) elle avait répondu. « Des vivres. Avec mon père, nous reviendrons passer quelques jours comme autrefois ».

Cette histoire le tracassait. Pourquoi la petite avait-elle soudain disparue ? Et son père, qu'était-il advenu de son père que nul n'avait vu ?

— J'crois bien que je vais aller relever quelques casiers, grommela-t-il à l'adresse de sa femme.

— On a annoncé un coup de vent, riposta-t-elle.

— Et alors ?

— Avez-vous perdu la tête ?

Elle était native de Pont-l'Abbé, le bourg chic de la bigoudennie, et fille de marchand de vins. Sous le coup de la colère, elle le vouvoyait. Étrange pratique qui lui venait de sa famille, et drôle de famille en vérité qui méprisait les gens de mer, n'y voyait que de pauvres bougres juste bons à trimer mais incapables de se conduire en ville. Elle, c'était autre chose. Une volonté farouche et la beauté du diable. Il l'avait connue au pardon de *La Tréminou*, hurlant la mise à mort d'un catcheur bidon, les poches pleines de réglisse qu'elle balançait sur le ring en rigolant. Quinze jours plus tard, il la demandait en mariage devant le calvaire de *St Jean Trolimon*. C'était jour de canicule. Sur la route, le goudron avait fondu par endroits et elle avait ôté ses chaussures. Ses pieds saignaient. Il s'était ému devant le sang qui coulait, lui avait offert son mouchoir, de la porter, avait bu jusqu'à la dernière goutte de ce sang si chaud, si sombre... Elle avait les plus beaux pieds du monde, lisses et pâles comme des galets... La plus belle fille du monde.

— J'crois bien que j'irai quand même, dit-il, comme pour mieux s'habituer à l'orage.

Et son épouse, bigoudenne aux pommettes hautes, aux cheveux autrefois de jais, plus lourds que l'eau du puit, redressa sa taille fine dont la cambrure n'avait pas changée, ferma la porte à clef, mis la clef dans sa poche, et le fixa de ses yeux de braise.

— Si vous devez partir, vous me passerez sur le corps.

Il haussa les épaules et abrégea un semblant de sourire. En deux enjambées, il eut aisément franchi la fenêtre. Elle lisait trop de conneries sa femme. Des trucs sucrés. Elles aiment ça les femmes qui n'ont pas la vie facile. Du rose, du bleu à chaque page. Forcément, ça leur déteint dans la tête. La petite Sarah, sûre qu'elle avait vécu d'autres galères ! Suffisait de regarder ses yeux, il y avait tellement de mélancolie dans les yeux de la petite Sarah, tellement de douleur aussi. Parait qu'on faisait un film sur sa vie. Un film ! Des gens de Paris étaient venu. Ils avaient posé des questions. « Et patati et patata... et gnan gnan gnan... et gna gna gna... ». Il n'y avait rien à dire sur Sarah. Rien à dire sur sa famille. Les gens du coin étaient restés muets.

***

« Vent de sud à sud-ouest 25 à 30 nœuds avec violentes rafales atteignant 100 km heure. Mer forte à très forte avec houle de 7 à 8 mètres ». Arthur H. éteignit la radio. Pas moyen d'y couper. L'avis de coup de vent se confirmait. Un grain l'avait déjà précédé et le ciel avait foncé d'un coup. Sur le quai, des regards l'avaient suivi, quelques hochements de tête dubitatifs. Tous pensaient qu'il était fou de prendre la mer avec un temps pareil, fou de risquer sa vie. Lui, il savait que le temps était compté pour retrouver la petite et la ramener en lieu sûr. Pendant deux heures, il essuya des paquets de mer. Le pont du bateau était blanc d'écume et ses flancs malmenés gitaient dangereusement pour d'un coup se cabrer et subir alors une furieuse estocade... Enfin, après bien des tribulations l'île surgit, noyée dans un halo de brume bleue. La première chose qu'il vit en débarquant ce furent les sternes, faisant cercle autour de leurs nids. Il les savait belliqueuses dès qu'on s'approchait de leur domaine, mais pressé de retrouver la petite, il négligea de faire un détour. Aussitôt l'une d'elles fonça sur lui. Une autre bientôt la suivit, qui à grands renforts de cris, de battement d'ailes, de flamboyantes entourloupettes tenta à son tour de lui barrer le chemin. Se baissant, il choisit alors une pierre énorme, l'arracha du sol, la monta à bout de bras et la fit tournoyer, et encore tournoyer dans l'air qui se mit à vibrer. Quelques gouttes de sang tachèrent sa vareuse. L'une des sternes tomba à ses pieds. L'autre, affolée, s'enfuit à tire d'aile.

Il n'eut pas à marcher longtemps pour découvrir la petite. Appuyée contre l'un des murs du Fort, la tête calée sur son vieux baluchon, elle pleurait. Sur ses cheveux, il remarqua des traces de souillure.

— Voyons, dit-il. Est-ce bien raisonnable d'être venue ici par un temps pareil ?

Elle leva vers lui un regard douloureux.

— Il ne viendra plus, dit-elle. Il ne viendra plus.

Et elle se remit à pleurer.

— Faut pas rester là, dit-il. A-t-on idée de s'exposer au vent de cette manière. Vous voudriez attraper la crève, que vous ne choisiriez pas un autre endroit.

Elle se redressa.

— Les oiseaux, dit-elle. Ce sont ces vilains oiseaux qui m'empêchent de partir ! Mais ailleurs on m'attend. Je sais bien qu'on m'attend. Seulement j'arrive pas à me souvenir qui. J'essaie, oui, j'essaie, j'arrive pas.

Il répondit que c'était la fatigue, rien de plus, mais qu'une fois rétablie elle s'en souviendrait, qu'on allait la soigner et tout irait mieux ensuite. Il parla de confiance, du soleil qui allait revenir, et elle disait : « Oui, oui », avec cette transparence de glaive dans le regard, cette absence de sourire qui la rendait si pathétique.

Autour d'eux, la nuit avait fini par sombrer. Une brume froide monta du sol et la petite se recroquevilla encore plus dans sa couverture. Arthur H. la souleva dans ses bras. Elle était si légère qu'il sentit sa gorge se nouer.

— On va se mettre à l'abri dans le Fort dit-il. Ensuite, faudra boire et manger. Faut boire par ces temps orageux.

La petite déclara qu'il restait une boîte de sardines et un paquet de thé de Chine dans son baluchon, qu'elle ignorait où le reste était passé, sinon qu'elle avait partagé le dernier bout de pain avec le chat.

— Quel chat ? demanda Arthur H. ébahi.

Elle prit l'air mystérieux.

— Il avait la gale. Il se peut que je l'attrape aussi. Enfin, s'il tenait vraiment à boire quelque chose de chaud, elle lui donnerait des allumettes. Elle en avait toujours sur elle. « Les allumettes c'est comme la mer, dit-elle. On ne peut pas contrôler ».

Il l'écoutait, fasciné. Que ses paroles aient un sens ou non lui importait peu. Il craignait juste qu'elle ne s'éloigne trop de la réalité, que cette réalité compromise une fois de plus l'entraîne vers l'exil. Il la regardait, il l'écoutait, et but du thé de Chine pour la première fois.

— Pourquoi faites-vous la grimace ? demanda t-elle.

— C'est ce machin qui a un drôle de goût.

— Dans les livres, il y a toujours du rhum dans les îles, dit-elle.

Il eut envie de pleurer.

***

Il veilla la petite toute la nuit. Dehors le vent s'était calmé, et la lune dans un épanouissement surfait, éclairait la désolation de la lande.

À son réveil, elle ne le reconnaissait plus. Son esprit avait pris le large. Toute la traversée, elle demeura immobile, le regard flou, appuyée sur les cordages. Cependant qu'à l'hôpital un type à blouse blanche s'adressant à lui plutôt sèchement demandait : « Etes-vous de la famille ? ». Que tel un orphelin, il bredouillait des paroles confuses, elle se redressa sur la civière qui l'emportait, et, lui prenant la main, le gratifia du plus désarmant des sourires. Bouleversé, il demanda la permission de téléphoner chez lui. Du doigt, on lui désigna une cabine. Honteux, il dit qu'il ne savait pas. On l'aida à composer son numéro et il se mit à raconter.

— Tu n'es pas au courant ? demanda sa femme.

— Quoi donc ? rugit-il.

Il eut conscience d'avoir crié. Les marins c'est connu ça cause fort, toujours dans le bruit du moteur, celui du vent.

— Quoi ? reprit-il, plus doucement cette fois.

— Le père de la petite ! On l'a trouvé calciné sous les décombres.

— Le père... Bon Dieu !

Il raccrocha, atterré.

***

Le lendemain matin la teigneuse arpentait les couloirs, suivie d'Antoine, le fils de l'institutrice. Un type à barbe claire tout de blanc vêtu, soutenait un troisième qui pleurait dans ses mains. Un peu comme un paria, Arthur H. se tenait à l'écart. Ses vêtements, son absence de manières... Il n'osait pas lever la tête.

Le premier, le fils de l'institutrice remarqua sa présence et vint vers lui.

— Elle guérira ! En partie grâce à vous, elle guérira, dit-il. Frantz a fait venir un professeur d'Amsterdam, une sommité. En ce moment il est auprès d'elle.

— Frantz ? Arthur H. osa un regard timide vers la silhouette cassée. Elle m'a parlé de quelqu'un qui l'attendait. C'est lui ?

— Comment savoir ! répondit Antoine, jaloux à cette idée. Elle a toujours oscillé entre deux mondes. Elle n'a jamais su vivre la réalité.

— La réalité ! Oublieuse des formes, la voix d'Arthur H. s'éleva, puissante, redoutable. Comment pourrait-elle vivre la réalité alors qu'elle est un conte. Et connaissez-vous quelque chose de plus beau qu'un conte ?

Troublé, Antoine le contempla. Cet homme dépassait ses espérances. Il le considéra une seconde fois avec respect. Le petit groupe s'était rapproché, sauf la teigneuse toujours à arpenter les couloirs, l'air revêche. L'homme à barbe claire lui sourit. Celui qu'on appelait Frantz prit une chaise et la porta auprès de la sienne. Tous avaient pour lui le regard intrigué d'Antoine. Il sut alors avoir atteint cette partie de lui-même où les mots n'attendent qu'un signe pour se laisser guider. Il ne s'interrogeait pas sur le temps que durerait ce privilège, il le savourait pleinement, et ça le grisait, le fouettait, comme le plus impétueux des vents du large.

En rentrant chez lui ce soir-là, Arthur H. songeait à tous ces livres qu'il avait lus. Des paragraphes entiers lui revenaient en mémoire. Jamais il ne s'en vantait. L'aurait-on cru seulement ? Regardé de travers oui, et taxé de prétentieux. Il n'est pas bon d'être instruit quand on est simple pêcheur, qu'on a vu le jour en 1925 d'un père disparu en mer d'Irlande, et d'une mère qui faute de ressources trimballait ses mamelles dans les maisons bourgeoises afin d'arrondir les joues des nouveaux nés. Enfant, il avait rêvé des Amériques comme d'une terre promise, d'une vie moins hostile, d'horizons nouveaux. Toujours hélas il lui manqua trois sous pour faire le voyage. De n'avoir pu rattraper ses rêves lui restaient une certaine nostalgie, le sentiment d'une profonde injustice. Il soupira, se moqua un peu de lui-même, balança sa casquette en arrière et reprit sa marche. Les lumières de l'hôtel des *Roches Noires* papillotaient dans l'eau. Une vedette se détacha du ponton, fit une curieuse embardée et prit le large. Il entendit comme un cri de frayeur suivi d'un rire perlé auquel répondit un autre rire, sonore celui-là, puis plus rien, le silence, la nuit tombée. Sa maison était juste derrière le sémaphore. De la fenêtre de sa chambre, on pouvait voir la mer.

La petite refusait de guérir. À l'abri dans sa folie, elle n'avait rien à justifier, plus de souvenirs, pas de remord.

Parfois elle souriait, d'un sourire si frêle, qu'on en était désarmé, à vouloir pour elle et de l'amour à foison, et le plein été sur ses joues trop pâles, et de la vie, rien que munificence. Elle parlait peu la petite, disait des riens, des mots frileux comme son sourire.

Chaque jour Frantz Meyer venait la voir. Il avait délaissé ses affaires à Strasbourg et vendu son cabinet d'architecte pour tenter d'en créer un autre sur les côteaux verdoyants du *Cap*, mais il avait l'esprit et le cœur tellement pris par son amour, qu'il n'avait de goût à rien. La seule chose qui l'apaisait un peu, c'était la mer. Il passait des heures devant elle. On l'y trouvait le matin, le soir, et même la nuit. Il ne se lassait pas de la contempler. Il connaissait tout des marées, des vents, des oiseaux de passage. Parfois, n'en pouvant plus de souffrance, de désir, il s'inventait des scènes d'amour avec la petite, et furieusement alors il se caressait. « Dieu est bien cruel d'inventer de telles créatures pour mieux vous les reprendre », se répétait-il.

Il ne croyait plus en sa guérison. Ni Antoine, ni Lucas. Pas même le professeur Blanc ne semblait y croire.

Pourtant des évènements surgirent qui le troublèrent et le firent penser autrement. Un jour, tandis que les premières feuilles mortes tombaient déjà, il la trouva au centre d'un groupe d'hommes et de femmes, tous pensionnaires de l'asile, mimant la fin tragique de son père, celle de sa famille, reconstruisant avec une telle abondance de détails les deux drames de sa vie qu'il en fût éberlué. Les joues rosies, le regard fiévreux, elle s'attachait à prendre, ici une main, à forcer là un regard, tandis que la nuit lentement tombait sur le parc.

Quand elle se sut observée, son attitude aussitôt changea. Elle redevint dolente et trop sage, se lova dans un coin, ne bougea plus.

L'insolite de son attitude frappa Frantz Meyer. De quoi se protégeait-elle ? Était-elle en partie coupable ? Leur avait-elle joué à tous la comédie ? Si oui, pourquoi cette comédie ? Et dans quel but ?

Noël approchait. Dans la ville chamarrée, Frantz Meyer était seul. Il détestait les fêtes et plus encore les gens heureux. L'idée qu'il avait un fils l'effleurait parfois, mais si éloigné de ses préoccupations, qu'il l'occultait aussitôt. Le souvenir obsédant de la petite, sa fragilité, sa révolte, l'odeur iodée de sa peau, celle de ses cheveux, son innocence brutale, incandescence, le regard affamé qu'elle portait sur la vie et maintenant le mutisme qu'une fois de plus elle s'imposait, ne le lui laissaient aucun repos. Il la voulait. Violemment, sexuellement et sans partage. Il la voulait à en crever.

— Permettez-moi de l'emmener une semaine, dit-il au professeur Blanc. Une semaine, pas plus. Au moindre problème, je promets de vous appeler.

La réponse lui parvient cinq jours plus tard, sous forme d'un pli qu'il tarda à lire. Relégué au fin fond de sa poche, il le palpait, le froissait, le sortait parfois, hésitait, le remettait à sa place. Des heures durant il fut pour lui un objet de sensualité si attractif, que le désir qu'il avait de la petite, de la toucher, de la posséder, s'en trouva encore exacerbé.

Il le lut enfin, à la nuit tombante, dans un état de griserie morose, le dos appuyé à un banc de sable que la mer encerclait parfois. Il le lut, le relut, et la joie si éloignée de lui, à nouveau lui tordit le ventre. La permission ! Il avait la permission ! Dieu du ciel la permission de l'emmener loin de cet endroit maudit ! Il en était à oublier ses craintes, à oublier les promesses qu'il avait faites. La permission ! Il se prit à sangloter.

***

Il lui acheta des robes à volants, des tenues à faire sourire les autres, des bottines à lacets, des tennis roses, deux pulls en cachemire, un chemisier de soie... et un grand manteau sombre dans lequel elle s'emmitoufla.

— Où veux-tu aller ? demanda-t-il.

Elle ouvrit sa main sur une photo en noir et blanc, représentant la mer, des bateaux dans une anse, et tout au bout d'une falaise escarpée, une maison comme perdue sur la lande. Il feignit de ne pas reconnaître les lieux.

— Tu veux qu'on prenne un bateau ? Tu veux partir en croisière ? Que dirais-tu de la Méditerranée ?

Elle hocha la tête. Du doigt, désigna une autre mer, celle de la photo.

— Toujours l'Atlantique, soupira-t-il. Décidément, tout te ramène à elle.

Il faisait froid. Le givre avait recouvert les carreaux du réfectoire et elle grelottait. Il ne supportait pas de la voir grelotter. Il ne supportait d'elle aucune agression, fut-ce t-elle celle de l'hiver. Il prit ses mains dans les siennes.

— Voyons... En cette saison, sous ce temps, que veux-tu qu'on aille faire au bord de cette mer-là. Ne préfères-tu pas le soleil ?

Elle s'arracha alors à lui d'une manière si brutale, qu'il en demeura stupéfait.

***

Il vint la chercher le mercredi suivant, quatre jours avant Noël. Debout dans le hall, elle l'attendait, un grand sac de toile bise serré contre ses jambes. Ses cheveux peignés avec soin et ses pommettes blushées accentuaient la douceur irréelle de son visage. Elle était d'une beauté frappante.

— Viens.

Dans la *Porsche*, elle lui colla son index mouillé sur les lèvres. Il sourit. Elle parvenait encore à le faire sourire, à le faire déborder de bonheur ou de souffrance ce qui pour lui avait fini par se confondre.

— Ça va ? Tu n'as pas froid ? Il y a assez de chauffage ? Tu veux de la musique ?

Il enfilait des mots anodins avec le privilège que donne l'amour à toutes choses. Dans sa poitrine, l'étau des derniers mois se desserrait. L'impression de renaître, de servir un destin enfin prodigue le submergea. Il préserverait chaque minute de ce destin, chaque seconde, serait attentif à tout. Il saurait la guérir.

— Je prendrai bien un grog, dit-il au bout de quelques kilomètres. Très fort, brûlant. J'aime tout ce qui brûle et réchauffe à la fois, et puis le rhum. Toi aussi tu aimes le rhum ?

Elle se contenta de lui sourire.

Alors l'envie de lui faire l'amour lui tordit le ventre. Dieu lui faire l'amour ! Soulever délicatement ses jupes, la caresser partout, s'abandonner ensemble. Or, il n'osait même pas lui prendre la main, la poser sur sa cuisse comme il l'eut fait autrefois. Il ne bougeait pas. Il ne violerait pas une petite fille folle. Il crevait de désir.

La nuit commençait déjà poindre quand enfin ils entendirent le bruit des vagues. Malgré le froid, elle ne grelottait plus. La *Porsche* plantée sur un tas de galets, ils descendirent par un sentier bordé de ronces et d'herbes mauvaises. Au loin, le ciel semblait embrasé, les vagues giclaient, hautes, frisées d'écume, s'éclataient sur les rochers, s'essoufflaient en chuintant, repartaient à l'assaut.

Le premier, il descendit vers la mer. Debout sur les dunes, elle le regarda s'éloigner.

— Alors, lui cria-t-il. Cette mer que tu aimes tant... ne me dit pas qu'elle te fait peur !

Et, se retournant, il la chercha du regard.

— Mais où donc es-tu ? Où es-tu ? implora-t-il, inquiet.

Ne la voyant nulle part, il se mit alors à courir vers l'endroit où il l'avait laissée, et, courant ainsi, il découvrit sur le sable, des souliers de marcheuse, deux écharpes de couleurs, un jupon en calicot rouge, une robe de velours noir, des socquettes à trou, un lourd peigne d'écaille... Il découvrit — au bord du malaise — et tandis qu'un phare au loin balayait la désolation de la lande, sa silhouette nue appuyée à l'un des blockhaus qui jalonnaient la grève.

La première, elle entra dans l'eau. Malgré le froid, par amour ou folie, un peu en somnambule, il la suivit. Mais très vite ses vêtements l'empêchèrent d'avancer.

— Suffit ! dit-il. Ce n'est plus un jeu. Maintenant on rentre. Pour la mer, on a tout le temps de faire connaissance.

Il comprit trop tard.

Les cheveux roulant sur les vagues, le visage comme transfiguré, pointant hors des flots, elle riait, riait, d'un rire sans gaieté, un rire pathétique... d'un rire...

— Je t'en prie, ne me fais pas ça !

Il plongeait les bras dans l'eau glacée, mais ne brassait que de l'écume, quelques goémons que la marée entraînait vers le sable. À bout de nerf, il sanglotait.

— Viens... Reviens Sarah !

Il avait ôté ses chaussures et sa chemise et son pantalon et tout le reste. Il était fou d'amour, de désespoir. Il la haïssait de le faire tant et tant souffrir. Dieu qu'il l'espérait, qu'il l'aimait, au-delà de toute imagination, au-delà de la mort qu'elle provoquait en rigolant. Sûr qu'il allait crever, crever sous ce froid absurde, pour une raison toute aussi absurde. Dans le halo du phare d'*Eckmühl*, il aperçu sa chevelure qui dérivait vers le large. En un crawl désespéré, il se hâta vers elle, mais une vague l'entraîna qu'il ne put contrer. Calme. Il se devait d'être calme. « N'aie crainte petite fille, j'arrive. Tu ne retourneras plus chez les fous. Je te le promets ». Très vite, le froid lui engourdit les membres. Il eut l'impression que des milliers de pics à glace l'agressaient de partout. Mais il luttait, luttait pour la rejoindre. Il ne laisserait pas la mer la lui reprendre. Une fois cette foutue blague finie, ils en rigoleraient. Parfaitement, ils en rigoleraient tous les deux, ensuite ils partiraient... loin, très loin... là où la mer est douce et les cieux plus cléments, et plus jamais elle n'aurait peur du noir, ni des araignées, ni des cordes raides, encore moins des portes closes. Une giclée d'écume s'abattit sur lui et l'éloigna d'elle. Il suffoqua, se débattit. L'eau pénétra dans sa gorge. Il crut que ses poumons éclataient, quand, tournant la tête vers le rivage, il aperçut les phares d'une voiture qui se rapprochaient. Il voulut crier. La mer lui cloua la voix. Il vit un homme courir sur la plage. Il le vit entrer dans l'eau. Il agita les bras, mais l'homme ne semblait pas le voir. Pourquoi ne le voyait-il pas ? Ses oreilles de plus en plus le faisaient souffrir et sa vue par moments se brouillait.

À présent, la voiture perchée tout en haut des dunes avait braqué ses phares sur la mer. Il entendit des voix, des consonnes dures, lancées avec force. Il vit, tel un fantôme dans cette lumière éclaboussée, l'homme qui à peine quelques minutes plus tôt était entré dans la mer... Cet homme-là, il le vit sortir de l'eau un fardeau dans les bras... Sarah ? Était-ce possible ? Il ramenait Sarah ? Avait-il été égoïste de d'abord penser à lui. Sûr qu'à présent l'homme, allait revenir... et le sauver à son tour. Mais pourquoi tardait-il tant ? Pourquoi refusait-il de le voir ? Enfin, quels étaient ces gens réunis sur la grève, ces gens qui papotaient sans chercher à lui porter secours ?

Malgré des efforts désespérés pour se maintenir en surface, il se sentit couler. Dieu du ciel. Notre père. Ayez pitié. Je ne veux pas mourir ! Notre père. Mon Dieu. S'il vous plait ! Il se souvint alors d'une phrase d'Antoine : « *Les jardins de la mer sont de loin les plus beaux...* ». Mais était-ce d'Antoine cette phrase-là ou d'un autre ? À moins qu'il ne l'ait lue, quelque part... « *Les jardins de la m...* ».

Une langueur de plomb le terrassa. Il s'entendit penser. « Fini. C'est bien fini ». Il ferma les yeux. Sa tête heurta quelque chose de mou. Elle heurta sans bruit. Et le silence... l'insoutenable silence de la mer s'abattit sur lui.

Cet ouvrage a été achevé d'imprimer
sur les presses de l'imprmerie Barnéoud
(Bonchamp-lès-Laval) - N° 13807
pour le compte des Éditions Blanc Silex.

Dépôt légal : février 2003

ISBN : 2-913969-79-8

IMPRIMÉ EN FRANCE